Almuth Link

Meine kleine Arche Noah

Almuth Link

Meine kleine Arche Noah

Heiterer Roman

F. H. KERLE
FREIBURG · HEIDELBERG

Satz: B & K Offsetdruck, 7583 Ottersweier 1980
Druck und Einband: Freiburger Graphische Betriebe 1980
ISBN 3-600-30066-0

1

„Heiraten werde ich jedenfalls nicht", sagte ich als Kind, wenn mich jemand nach meinen späteren Plänen fragte. „Weil mir der Pit schon reicht", fügte ich grimmig hinzu. Pit war mein jüngerer Bruder, der mich oft ärgerte, der zum Beispiel meine Lieblingspuppe wegen ihres weißlichen Gesichtes „Gips-Ei" nannte und sie von oben bis unten gelb anmalte, ohne mich vorher um Erlaubnis zu bitten. Nein, wenn alle Männer sich so benahmen wie der Pit (und sicher taten sie das), dann wollte ich lieber verzichten.

Als ich älter wurde, legte sich meine Abneigung gegen das männliche Geschlecht zusehends, doch gewann etwas anderes die Oberhand, was dem Heiratsgedanken nun ebenfalls im Wege stand: ein ausgeprägter Hang zur Bequemlichkeit, sofern es sich bei der Arbeit, die von mir verlangt wurde, um Haushaltsarbeit handelte. Diesen Hang wertete meine Familie im Laufe der Zeit und nach zahllosen Erörterungen als Charaktereigenschaft; da ich aber sowohl die Schule als auch später mein Studium – ich wollte Journalistin werden – mit Eifer betrieb und gute Ergebnisse vorzeigen konnte, sah man mir den Schönheitsfehler großzügig nach.

Das Wort „heiraten" verbündete sich in meiner Phantasie sogleich mit dem zwar sanften, doch auch recht nachdrücklichen Klang der Worte „Ehefrau, Hausfrau, Mutter", und diese Kombination wiederum ließ mich an

Buchführung über Haushaltsgeld, an pralle Einkaufstüten mit ausgerissenen Henkeln, an staubige Zimmerpflanzen denken.

Heute ist mir klar, daß ich der Buchführung, den Tüten und Zimmerpflanzen zu viel Bedeutung beigemessen habe, denn der Umgang mit ihnen, im Vergleich zu den *wahren* Ungeheuern familiärer Häuslichkeit, ist müheloser als das Blumenpflücken und nichtiger als eine Seifenblase... Doch ich will nicht vorgreifen.

Zunächst einmal kann ich, getreu meinem Vorsatz, auf eine stattliche Anzahl von Jahren zurückblicken, in denen ich ein unbeschwertes Junggesellinnendasein führte. Jahre der langen Leseabende, der Gastlichkeit bei Tee und Kerzenlicht, der endlosen Gespräche, der Flirts, die ich jedoch sorgsam auf kleiner Flamme hielt.

Als mit dem Beginn des Berufslebens rundherum geheiratet wurde und meine Gäste eines Tages nur noch aus Paaren bestanden, sah ich zu meiner Beruhigung den Ehezug endgültig davonbrausen, setzte mich in mein eigenes Züglein und verdingte mich an eine Zeitung.

„Roswitha", sagte meine Mutter bekümmert, wenn sie mit mir telephonierte, „du wirst das noch bitter bereuen. Schau, niemand bleibt gerne und freiwillig ein Leben lang allein. Du weißt doch, wie schwer ich mich nach Papas Tod an das Alleinsein gewöhnt habe. Die Frau ist nun mal für die Ehe geschaffen. Und wenn dir das alles klar wird, findest du niemanden mehr, der für dich frei wäre, und schließlich landest du auf dem ‚Ball der einsamen Herzen'." Wie ernst es ihr war, merkte ich daran, daß sie meinen Namen voll aussprach. Normalerweise wurde ich nur „Witta" genannt.

Ich tröstete sie, so gut ich konnte, und zum Schluß

sagte sie immer mit einem kleinen Seufzer: „Hoffentlich behältst du recht, mein Kind."

Im Laufe der Zeit aber gewöhnte sie sich an meine eigenbrötlerische Lebensweise, und schließlich fand sie sogar Gefallen daran. Häufig besuchte sie mich an meinem freien Tag – das ist bei Zeitungsleuten der Samstag – und lud mich nach ausgiebigen Stadtgängen in die feinsten Lokale ein. Weißhaarig und zart saß sie mir gegenüber, zwischen uns ein Kerzenlicht, erzählte mit Vorliebe aus ihrer Kindheit und Jugend, fragte: „Dieses Anekdötchen kennst du wohl schon?", wenn ich ganz besonders freundlich lächelte, und genoß es jedenfalls, daß ich genügend Zeit für sie hatte. Ihre Sehnsucht nach Enkelkindern wurde ihr durch meinen Bruder Pit gestillt, der, zu meiner Verwunderung, ein reizender Mensch und Familienvater geworden war. Dort setzte man sie für die beiden Sprößlinge so oft als Babysitter ein, daß sie sich einen Terminkalender halten mußte. „Ich bin direkt ausgebucht", sagte sie erstaunt, wenn ihr über längere Zeiten hin kein freier Abend blieb.

Ich lebte im elften Stock eines Hochhauses nahe dem Frankfurter Stadtzentrum. Meine Wohnung bestand aus einem geräumigen Zimmer mit Balkon, einer Kochnische und einem blaugekachelten Bad. In der Kochnische gab es einen Klapptisch, den man zum Eßtisch verwandeln konnte. Ach, wie habe ich dort immer gut und ausgiebig gefrühstückt! Meist noch im Morgenrock und ganz ohne Hetze, denn mein Weg zur Redaktion dauerte zehn Minuten, ich konnte ihn also zu Fuß gehen, und ich mußte nie vor neun Uhr dort sein. Während des Ankleidens schaute ich über die zahllosen grauen Dächer bis hin zu den verschwimmenden Linien der Taunuswälder. Auf dem Balkon gurrte meine Taube Frieda, die, ihrer Kopffedern beraubt und daher dem Lebenskampf nicht mehr uneingeschränkt gewachsen, bei mir Unterschlupf gesucht und gefunden hatte. Nachts schlief sie in einer Lücke zwischen meinen Büchern (rechts „Effi Briest", links „Hungerpastor"), nahm morgens ihren Platz in der Mitte des Klapptisches ein, um mit mir zu frühstücken, und ging tagsüber, so wie ich auch, ihren eigenen Geschäften nach; genauer gesagt, sie flog ihnen nach. Im Fahrstuhl traf ich meist eine ältere Kollegin, die immer etwas Neues wußte und es vor allem so dramatisch erzählen konnte, daß wir den Fußweg trotz der vielen Ampeln und vorübersausenden Autos kaum zur Kenntnis nahmen.

Unsere Zeitung gehörte nicht zu den ganz großen Blättern, aber sie war solide und hatte einen festen, treuen Leserstamm.

Im Laufe der Jahre ließ man mich von der Bearbeitung der Leserbriefe bis zur verantwortlichen Redakteurin der Frauenseite emporklettern. Und meine männlichen Kollegen sprachen in diesem speziellen Fall nicht, wie sie es sonst gern taten, vom „Weiberproporz", sondern gönnten mir die Karriere neidlos. Denn als ich die Seite übernahm, war sie weit entfernt von jeglichem Intellektualismus und hatte auch mit feinsinnig behandelten und journalistisch aufbereiteten Kulturfragen nicht viel im Sinn. Ihre Aufteilung war denkbar einfach. Oben links wurden Modeneuheiten in Wort und Bild präsentiert, oben rechts leicht verständliche Kurzgeschichten, die das Leben schrieb; die gesamte untere Hälfte war, grün umrandet, „Küchen- und Gartentips" vorbehalten. Das sollte unter meiner Ära anders werden! Vom emanzipatorischen Luftzug der Zeit angehaucht, begann ich natürlich sofort die Küchen- und Gartentips mit dem Rotstift zu verfolgen. Sie sollten ersetzt werden durch Buchbesprechungen und pädagogisch-psychologische Abhandlungen. Die Mode sollte moderner Lyrik weichen, und die Kurzgeschichten sollten nicht mehr vom Leben geschrieben werden, sondern von bekannten Autorinnen oder aber von mir selber, sofern mir hin und wieder ein geistiger Höhenflug vergönnt war.

So stellte ich mir das vor.

Jedoch mein Chefredakteur konnte sich meinen kühnen Ideen nicht anschließen. „Ich glaube, Sie haben den Verstand verloren!" fuhr er mich an, als ich ihm die Pläne unterbreitete.

„Im Gegenteil", erwiderte ich mit dem Quentchen von Mut, das ich in den Stunden vor dieser Unterredung in mir aufgespeichert hatte, „Verstand ist das einzige, was auf der Seite bezeichnenderweise bisher gefehlt hat und was ich jetzt . . ."

„. . . und was Sie jetzt gütigst einführen wollen, Sie ahnungsloser Engel!"

„Ahnungslos sind höchstens *Sie,* wenn Sie glauben, man könnte moderne Frauen mit Küchen- und Gartentips abspeisen!"

„Zu unserem Leserkreis gehören Gott sei Dank noch Frauen, die sich für Küche und Garten nicht zu schade sind, denn sie kaufen die Zeitung regelmäßig und beklagen sich nicht. Im Gegenteil, unsere praktischen Ratschläge erfreuen sich allgemeiner Beliebtheit. Wußten Sie zum Beispiel, daß man welke Salatblätter nur eine Weile in Essigwasser zu legen braucht, um sie wieder knackfrisch zu bekommen?"

„Nein – aber Salat gehört auch nicht zu meinen bevorzugten Interessengebieten."

„Aha, Sie essen ihn wahrscheinlich in Form von Tabletten!"

„Und wenn schon. Jedenfalls sollte man Frauen, die nichts anderes als Salat im Kopf haben, umerziehen!"

„Erstens, meine Liebe, sind wir kein pädagogisches Blatt, und zweitens würde es mich interessieren, wer in Zukunft die Familie versorgen soll, wenn nicht die Frau?"

„Beide – Mann und Frau."

„Na gut", sagte er freundlich, „dann können ja beide die Küchen- und Gartentips lesen, wenn es Sie beruhigt, und die politisch engagierten Frauen wird niemand daran hindern, die Seiten mit der Politik zur Kenntnis zu nehmen. Aus der Frauenseite – ein gutgemeinter Rat von mir – können sie dann ein Demonstrationsfähnchen gegen ihre Unterdrückung basteln und damit laut singend auf der Straße umhertrippeln."

„Dann schon eher ein Demonstrationsfähnchen gegen die Verdummung der Frau! Und außerdem trippeln wir nicht", zischte ich wütend.

„Wer sich durch praktische Hinweise verdummen läßt, dem ist ohnehin nicht zu helfen. Und ich finde schon, daß Frauen trippeln, wenn sie hohe Absätze tragen." Er schaute unverhohlen auf meine Füße.

„Und wenn sie flache Schuhe tragen, dann ist es den Männern auch nicht recht, und es heißt gleich ‚Blaustrumpf'", murmelte ich.

„Eigentlich müßte es den emanzipierten Frauen doch völlig egal sein, was wir Männer über sie denken – finden Sie nicht?" meinte er mit aufreizender Ruhe und großem Vergnügen.

Am liebsten hätte ich ihm mein Manuskript vor die Füße geknallt, mochte es aber nicht riskieren, anschließend hoch erhobenen Hauptes aus dem Zimmer zu rauschen, da ich hohe Absätze trug . . .

So beschloß ich denn, ihn mit dunkel gefärbter Stimme des ‚Konservativismus' zu bezichtigen (glücklicherweise verhaspelte ich mich nicht), mich dabei unauffällig der Tür zu nähern und ihm erst beim Abschiedsgruß den traurig-resignierten Blick der Untergebenen zuzuwerfen, der sein Herz erschüttern und beschämen sollte.

„Wie gut, daß Sie nicht verheiratet sind!" rief er mir ungerührt nach.

„So was Dummes könnte mir auch nie passieren", gab ich schwach zurück, verblüfft über soviel ungebrochenes männliches Selbstbewußtsein.

Ein wenig habe ich meine Seite natürlich doch verändert, sehr vorsichtig und in kleinen Dosierungen. Mein Chef ließ mich gewähren. Wenn wir uns auf dem Flur begegneten, grinsten wir uns verständnisinnig an. Im Grunde mochten wir uns gern.

Überhaupt war die Atmosphäre im Haus angenehm und friedlich. Selbst in den Nachmittagsstunden, während des Umbruchs, wenn die Nervosität ihr Unwesen trieb wie ein rasender Pulsschlag, gab es unter uns Kollegen kein böses Wort.

So konnte ich also – inzwischen stattliche vierzig Jahre alt – rundherum zufrieden sein. Und weil es an meinem Dasein nichts auszusetzen gab (außer daß mir der eine oder andere Artikel mißglückte und ich der Frieda gerne zu neuen Kopffedern verholfen hätte), sah ich in aller Beschaulichkeit meiner zweiten Lebenshälfte entgegen.

2

Und dann traf ich Ulrich Cannebor.

In einer Schaschlikbar, in der wir Zeitungsleute gelegentlich zu Mittag aßen, saß er in der Ecke an einem der winzigen runden Tischchen und unterhielt sich mit seiner Tochter, meinem Patenkind. Vor zwei Jahren, an einem vernebelten Wintertag, hatte ich die beiden zuletzt gesehen. Wir beerdigten damals seine Frau Ursula, die mit dem Auto tödlich verunglückt war. Der Sohn Martin wurde gerade achtzehn, die Tochter Annemarie zwölf Jahre alt.

Meine Schulfreundin Ursula hatte den um zehn Jahre älteren Freund unmittelbar nach ihrem Abitur geheiratet, als er im Begriff war, sich als selbständiger Tierarzt niederzulassen. Die Praxis, und darüber im ersten Stock die Privatwohnung der beiden, lagen nicht weit entfernt von der Universität, so daß wir uns mindestens einmal in der Woche zu einem gemütlichen Frühstück sehen konnten.

In den ersten Wochen leistete uns auch Ulrich Gesellschaft. Dann wurde das Bellen und Jaulen, Miauen, Piepsen und Gurren im Parterre immer lauter, Ulrich bekam viel zu tun, und ich sah ihn im Laufe der Jahre nur noch sehr selten. Ich entsinne mich, daß er selbst am Tauftag meines Patenkindes, seiner kleinen Annemarie, zweimal abgerufen wurde; zuerst wegen einer kompliziert gebärenden Dackelin, die sich zu allem Überfluß unter den gelokkerten Fußbodenbrettern eines Gartenhäuschens verbarrikadiert hatte, dann wegen eines kostbaren Reitpferdes, das an einem Stacheldraht gewissermaßen ein Auge riskiert hatte und nun genäht werden mußte. Da das Pferd in einem Vorort wohnte, ging für Fahrt und Behandlung der Rest des Tages drauf. Ursula, von ihrer Familie „Bärle" genannt, nahm den gestörten Festtagsablauf mit bewundernswerter Gelassenheit hin, bewirtete ihre Gäste, versorgte ihre Kinder, fütterte zwei Hunde, drei Katzen, alle einstmals Insassen des Tierheims oder herrenlos von der Straße aufgelesen, ferner einen Nymphensittich, zwei Spatzen, mehrere Schildkröten und unzählige Fische.

„Als Tierarztfrau muß man mit den Tieren Freundschaft schließen – dann kriegt man das alles ganz gut in den Griff."

Diese Freundschaft war ihr, der Tochter eines Zoologen, in die Wiege gelegt worden. „Entsinnst du dich eigentlich", fragte ich sie am Abend des Tauftages, als wir uns endlich den Erinnerungen hingeben konnten, „wie du einmal ein Krokodilbaby mit in die Schule genommen und unserer guten Frau Griehn einen fürchterlichen Schreck damit eingejagt hast?"

„Und ob ich mich erinnere! Sie wurde ja fast ohnmächtig. Dabei hatte ich sie vorbereitet. Aber ein Krokodil im Kasten, das nahm sie mir nicht ab."

„Es ist ja auch nicht gerade etwas Alltägliches!"

„Für mich war es das schon", lachte sie, „immerhin bin ich mit ihm großgeworden. Es hieß übrigens Laura, ich habe es immer um sein warmes Terrarium beneidet und hätte mich am liebsten dazugesetzt. Wenn wir hier genügend Platz hätten . . ."

„. . . um Gottes Willen, ihr habt doch genug Tiere!"

„Na ja, mal sehen."

Es blieb dabei, Cannebors haben sich kein Krokodil angeschafft. Und das war gut so, auch für mich (Krokodile werden nämlich sehr alt).

Und noch eine Anmerkung ist wichtig: In dieser Familie protestierte man – sicherlich unbewußt, denn es wurde in dem Zusammenhang nie darüber gesprochen – gegen die übliche Mißachtung der Tiere dadurch, daß man ihnen solide, gutbürgerliche Menschennamen gab. Konrad, Gundula, Margot, Wilhelm, Herr Schröder, um nur einige zu nennen. Dafür aber mußten sich, wohl des Ausgleichs halber, die Menschen mit den Bezeichnungen von Tiergattungen bescheiden.

Ursula hieß also Bärle, Ulrich hörte auf Ule (das niederdeutsche Wort für Eule, denn er machte oft die Nacht zum Tage). Annemarie wurde Amsel genannt, weil sie eine Musikerin war und gerne sang. Für Martin hatten die Klassenkameraden im ersten Stolz ihrer Lateinkenntnisse aus dem Namen Cannebor das Wort Canis gebildet, was Hund heißt und von der Familie selbstverständlich übernommen wurde.

Da ich Roswitha heiße, wird niemand, der die Gepflogenheiten jetzt kennt, lange daran herumrätseln müssen, welches Tier allein für mich in Frage kam. Natürlich das Roß, auch wenn dabei die orthographische Unzulänglichkeit nicht zu übersehen ist und eine „Rose" wesentlich präziser (und schließlich auch schmeichelhafter) gewesen wäre. Nun habe ich zwar nichts gegen Pferde einzuwenden, doch da ich klein und unscheinbar bin und mit meinem dunkelblonden Haar und dem meist blassen Gesicht alles andere als stark und rassig, fällt mir die Identifikation mit diesem Tier nicht leicht. Es half kein Lamentieren, ich war das Roß, in besonders guten Stunden auch einmal das Rößlein. So machte ich aus der Not eine Tugend und wertete es als Zeichen meiner Zugehörigkeit.

Mit Bärles Tod verabschiedete sich auch das Glück. Ule vergrub sich noch tiefer in seine Arbeit, Amsel wurde in ein Internat geschickt, Canis, viel allein in der großen Wohnung, bereitete sich auf sein Abitur vor. Für den Haushalt und die Tiere sorgte eine Zugehfrau. Wie oft lief ich an dem alten grauen Mietshaus vorbei, sah Leute ein- und ausgehen mit Katzenkörben, Vogelkäfigen, Hamsterschachteln, Einkaufstaschen, mit Hunden oder Katzen an der Leine, neugierigen, mißtrauischen, verängstigten.

Aber im ersten Stock wartete kein Bärle mehr mit Tee und warmen Semmeln und strahlender Laune . . .

Einmal sah ich eine Frau mit grünem Kopftuch das Fenster des Wohnzimmers putzen. Es mußte die Haushaltshilfe gewesen sein. Wir kannten uns nicht, ich ging grußlos vorbei.

Als ich Ule und Amsel nun so unerwartet in der Schaschlikbar wiedersah, wurde mir einen Augenblick ganz schwindlig vor Freude und Überraschung. Ich stürzte auf sie zu und nahm Amsel, die mich zur gleichen Zeit erkannt hatte und aufgesprungen war, fest in die Arme.

„Mensch, Rößlein, das ist ja ’ne Wucht", sagte sie strahlend, während mich Ule am Jackenärmel zupfte und sich mit einem vorwurfsvollen „Ich bin auch noch da" in Erinnerung brachte.

„Und *wie* du da bist, Ule! Gut schaust du aus, die grauen Haare stehen dir! Was macht ihr an einem normalen Januartag hier in der Schaschlikbar?"

„Wir feiern Amsels letzten Ferientag, und du wirst uns jetzt dabei helfen, ob du willst oder nicht."

Ich wollte. Wir feierten mit Würstchen und Cola, und weil Ule nicht viel Zeit hatte, versprach ich, sie abends zu besuchen, um mit ihnen in Ruhe zu Ende zu feiern.

Obgleich es schon halb neun war, brannte noch Licht in den Praxisräumen. Ich hörte das Winseln eines Hundes und dazwischen eine schrille, weinerliche Frauenstimme. Ulrich sprach den beiden beruhigend zu. Ich schaute durch die halbgeöffnete Tür. Ein Airdale-Terrier stand auf dem Untersuchungstisch und sträubte sich, am ganzen Körper zitternd, mit angestemmten Beinen gegen den Arzt, der ihm mit einem Lämpchen in den Rachen zu leuchten versuchte. Seine Besitzerin brachte es offenbar nicht fertig, ihrem Liebling Gewalt anzutun; hilflos stand sie daneben und ließ die Arme hängen.

Ulrich sah auf und winkte mich erfreut herbei. „Ach Rößlein, du kommst gerade recht, bitt' schön, halt doch mal den struppigen Herrn hier fest, vorne am Kopf – ganz fest, damit ich seinen Mandeln auf die Schliche komme."

Forsch sagte ich „ja" und „selbstverständlich", versuchte meinem Gesicht einen sachlich-gelassenen Ausdruck zu verleihen und die Furchtlose darzustellen. Vermutlich gelang mir das nicht, denn Ule blinkerte mich belustigt hinter seinen Brillengläsern an.

Auch der Hund schien von meiner Autorität nicht überzeugt zu sein. Mit drohendem Knurren tat er mir unmißverständlich kund, daß ich mich in die Verhandlungen nicht einzumischen hätte. Gerne entsprach ich seinem Wunsch und wartete erst einmal Ules nächsten

Befehl ab. Der packte blitzschnell mit beiden Händen den Kopf des Hundes unmittelbar hinter den Ohren. „Da, nimm ihn von hinten und halte ihn richtig fest, damit er merkt, es gibt kein Auskommen."

Mit dem Mut der Verzweiflung und spürbar heißem Gesicht griff ich zu.

Ule zog den Oberkiefer des Tieres hoch und leuchtete mit dem Lämpchen den Rachen aus. „Die Mandeln sind miserabel und heftig entzündet", sagte er zur Besitzerin, die sich inzwischen beruhigt hatte.

„Ich will noch mal die Temperatur messen, Rößlein, halte ihn weiter fest, Fiebermessen haben die Kerle nämlich nicht gern." Ehe sich der Hund den ungebührlichen Übergriff auf seine Würde verbitten konnte, hatte er schon das Thermometer im Hinterteil. Ich bewunderte Ule, wie schnell und geschickt er das ängstliche Tier überlistete und ihm damit noch größere Aufregungen ersparte.

Einen Augenblick war es ganz still im Raum. Man hörte nur das Hecheln des Hundes und den gleichmäßig tropfenden Wasserhahn. Ule beobachtete den Sekundenzeiger seiner Armbanduhr. Mir fiel sein kräftiges Handgelenk auf.

„So – dann wollen wir mal schauen; Fieber hat er auch, der arme Wicht. Also, Frau Lebrecht, heute kriegt er eine Spritze, morgen noch mal eine, und dann gebe ich Ihnen Tropfen mit, die Sie ihm morgens und abends einträufeln, seitlich ins Maul, Sie wissen schon. Ich rate Ihnen aber, lassen Sie ihm die Mandeln herausnehmen, wenn die akute Sache abgeklungen ist."

„Ob das gut ist, Herr Doktor?" fragte Frau Lebrecht besorgt. „Die Ärzte sind ja sehr unterschiedlicher Meinung von wegen dem Rheuma, was dann eintreten kann. Der Elvis ist doch mein ein und alles ..."

„... eben, das weiß ich. Und Ihr Elvis soll doch keinen Herzschaden davontragen. Also bei *diesen* Mandeln meine ich, raus damit! Wenn Sie sich dazu entschließen, rufen Sie an und lassen Sie sich von der Christel einen Termin geben."

Frau Lebrecht legte ihrem Liebling die kupferbeschlagene Leine an, der sprang vom Tisch und drängte mit geradezu unhöflicher Geschwindigkeit zur Tür hinaus, seine Herrin hinter sich herziehend. „Auf Wiedersehn, Herr Doktor, und vielen Dank auch!" rief sie eilig, ehe die weiße Tür hinter ihr zufiel.

Ule wollte gerade abschließen, als eine junge Frau eintrat. Sie trug eine dunkle Katze auf dem Arm, die jammervoll anzusehen war. Völlig abgemagert, mit kraftlos hängendem Kopf und übergroßen Augen, schien sie nur noch darauf zu hoffen, endlich von ihrer Pein erlöst zu werden.

„Sie ist von Kindern in einem zugebundenen Müllsack gefunden worden, Herr Doktor, schnell, tun Sie was, sie stirbt sonst!"

Ule nahm ihr das Tier vorsichtig ab und legte es auf den Tisch. „Sie ist nicht zu retten, Frau Mosbach, hat viel zuviel an Gewicht verloren, da hilft kein Aufpäppeln mehr, auch keine Therapie. Ich muß sie einschläfern, sind Sie einverstanden?"

Sie nickte.

Die Katze wimmerte leise und zog die Lippen zurück, so daß man die winzigen Zähne sah.

Ule machte die Spritze zurecht. „Gleich hast du es überstanden", sagte er leise. Behutsam setzte er die Nadel an die Halsvene. Der Einstich rief keinerlei Reaktion hervor, das Tier zuckte nicht einmal mehr vor Kraftlosigkeit. Es atmete schnell. Ule ließ die tödliche Flüssigkeit in den geschundenen Körper dringen. Die Frau weinte.

Ich streichelte das Kätzchen und hätte es gerne um Entschuldigung gebeten für die menschliche Bosheit . . . Meine Augen brannten. Ich fühlte mich so hilflos, daß ich glaubte, meine Umgebung, die weißen Wände, die Lampen, die äthererfüllte Luft würden mich in ihrer Übermächtigkeit erdrücken.

Ich schaute Ule an. Du bist ein Engel, Ule, heute abend bist du ein Engel, dachte ich.

Vor uns lag die Katze, mit zurückgezogenen Lippen, lang hingestreckt, erlöst. Die dunklen Augen standen weit offen; ernst, nicht anklagend. Tiere klagen ja nicht an.

„Sie können sie hierlassen, Frau Mosbach", sagte Ule freundlich, „und jetzt gehen Sie nach Hause, und denken Sie daran: sie hat alles überstanden."

Mit müden Bewegungen faltete die Frau das Handtuch zusammen, in das sie die Katze gewickelt hatte, nickte uns zu und ging.

Kopfschüttelnd betrachtete Ule noch einmal das tote Tier. Dann nahm er es hoch und trug es in den kleinen Nebenraum. Als er zurückkam, lächelte er mich an. Er sah erschöpft aus. Sein breites, furchiges Gesicht war blaß, die kurzen Haare standen struppig vom Kopf ab, seine grauen Augen hinter den ungeputzten Brillengläsern blickten aus roten Lidrändern.

„Armes Rößlein, kaum bist du da, schon wirst du von mir eingespannt." Er beugte sich über das Waschbecken und schrubbte seine Hände ausgiebig mit Wurzelbürste und Seife. „Das war wieder ein verflixt langer Tag, kann ich dir sagen, und so pausenlos. Was uns aber nicht daran hindern soll, unser Wiedersehen zu feiern! Hoffentlich verhält sich das Telefon friedlich."

Er zog den verfleckten Kittel aus, hängte ihn mir über die Schultern und meinte, ich sei ein brauchbarer Mensch und in seinem animalischen Betrieb notwendiger als in meiner papierenen Welt, basta. Ich knipste alle Lichter aus, er verschloß die Haupttür zur Praxis, zog den großen Schlüssel ab, und wir stiegen über die knarrenden, immer nach frischem Bohnerwachs riechenden Stufen in den ersten Stock.

Amsel, die Hawaii-Toasts gemacht hatte und eine halbe Stunde auf uns warten mußte, empfing uns strahlend und ohne Vorwurf. Sie war es gewöhnt, daß angegebene Zeiten nicht eingehalten werden konnten. Sie nahm mir den Kittel ab, knüllte ihn zusammen und warf ihn unter das Flurtischchen. „Den wäscht morgen die Frau Kräuter, unsere Haushilfe."

Auch Canis kam aus seinem Zimmer geschlurft, dünn und lang, mit zotteligen dunklen Haaren und einem überwältigenden schwarzen Backenbart. Wenn ich ihn nicht so gut gekannt hätte, wäre ich erschrocken über so viel haarige Finsternis.

„Gut, daß du dich mal wieder sehen läßt, Rößlein", sagte er freundlich und gab mir die Hand, die sich noch genauso rauh und hart anfühlte wie früher. Er war ein großer Bastler und hatte sich schon als Kind immer hartnäckig geweigert, seine strapazierten Hände gelegentlich einzucremen.

Wir gingen ins Wohnzimmer, wo Amsel auf dem kleinen Couchtisch gedeckt hatte. Vier gelbe Kerzen brannten. Auch diese Leidenschaft war mir von früher her bekannt. Im Wohnzimmer konnte ich keine Veränderung feststellen; die Möbel standen unverrückt auf ihren angestammten Plätzen. Aber es wirkte unbewohnter als früher, ordentlich aufgeräumt und etwas fremd. Bärles schöner alter Sekretär, an dem sie ihre Buchhaltung erledigte und zu dem die unübersichtlichen Papierberge ebenso gehörten wie der alte grüne Polsterstuhl davor, stand majestätisch und geschlossen in seiner Ecke.

Auch die Tiere hielten sich offenbar nicht mehr in diesem Zimmer auf. Nur der Hund Gustav, eine schwarze Mischung aus Königspudel und Riesenschnauzer, lag bequem auf der Couch und schlief mit lautem Schnarchen.

„Rößlein, du setzt dich am besten zum Gustav aufs Sofa, kannst ihn ja ein bißchen zur Seite schieben. Ule, du willst wahrscheinlich auf den Lottersessel. Ich hole jetzt den Hawaii-Toast." In Amsels heller Kinderstimme schwang der Stolz einer perfekten Gastgeberin mit.

„Was wäre ich ohne Amselchens Hawaii-Toast", spottete der Bruder. „Du mußt wissen, Rößlein, wenn Amsel im Lande ist, essen wir jeden Abend Hawaii-Toast, mal mit Salami, mal mit Salatblättern, einmal sogar mit Quark, weil sie nichts anderes hatte, Quark mit Sardellenpaste!" Er schüttelte sich.

„Ach Canis, du Hund, spotte nur, du ißt ja dann doch immer die meisten von meinen guten Toasts!" rief sie aus der Küche herüber. Ich ging ihr nach, um meine Dienste anzubieten. Sie holte gerade mit glühenden Wangen die leicht verbrannten Brote aus dem Backofen und stapelte sie turmhoch auf einem schmalen Frühstücksbrett.

„Meinst du nicht, daß der Turm kippt?"

„Nö, der Canis ißt den ganz schnell ab."

„Habt ihr nicht irgendwo eine Kuchenplatte?"

„Irgendwo schon, aber niemand findet sie."

Ich begann systematisch zu suchen.

„Sag mal, Amsel, was macht eigentlich deine Geige?"

„Ach weißt du, das ist ein echtes Trauerspiel. Im Internat komme ich nicht in Ruhe zum Üben, und außerdem macht es dort bei der Lehrerin keinen Spaß."

„Ist sie nicht nett?"

„Doch, ganz nett schon. Aber eine richtige Allroundmusikantin, so eine, die jedes Instrument halb kann und keines richtig gut. Du kennst doch den Typ: Sandalen, Leinenrock, Blockflöte, Frankfurter Kranz."

„Frankfurter Kranz?"

„So ein zopfartiges Ungetüm im Nacken, mit einer Bastspange zusammengeknebelt."

„Ah so –"

„Manchmal geht die Frisur auf, dann hängt die ganze Pracht wie eine Mandoline am Hinterkopf."

„Für eine Musikerin doch gar kein schlechter Kopfschmuck!"

Lachend balancierte Amsel ihren Turm in das Wohnzimmer. Ich hatte die verflixte Kuchenplatte auch nicht gefunden, dafür aber im untersten Schrankfach eine mit grünem Schimmel beschichtete Bratpfanne.

Ule stocherte an seiner Pfeife herum; der Sohn, im Schneidersitz auf dem Boden hockend, drehte sich eine Zigarette.

„Du studierst Medizin, Canis, macht's Spaß?"

„Das einzige, was wirklich Spaß macht, Rößlein, ist der Gedanke ans Fertigwerden. Das Studium selbst ist eine elende Paukerei, von Anfang an die alte Jagd nach Punkten. Testarbeiten auf vorgedruckten Fragebögen – man kommt sich vor wie ein Roboter."

„Zur Bundeswehr mußt du nicht?"

„Erst nach dem Studium. Mir kam's darauf an, keine Zeit zu verlieren."

„Du bist mit deinen zwanzig Jahren doch noch jung, spielt die Zeit für euch schon eine so große Rolle?"

„Weißt du, das Pensum ist groß, dadurch fühlt man sich gehetzt, und die Zeit schrumpft zusammen. Den andern gehts übrigens genauso. Augen zu und durch!"

„Habt ihr wenigstens noch etwas Zeit für gemeinsame Unternehmungen, für all das, was unser Studentenleben früher so angenehm gemacht hat?"

„Na, es wird abends viel diskutiert, das schon, vor allem politisch. Und da gibt es halt immer noch ein paar Unentwegte, die auf der radikalen Welle reiten und uns mit ihren Dauerthesen den Nerv ziehen. Ganz abgesehen davon, daß man nach so einem Tag hundemüde ist."

Er legte sich vier Brote auf den Teller und begann sie genüßlich zu verzehren.

„Das klingt ja alles ziemlich pessimistisch", bemerkte Ule. „Meine Studienzeit nach dem Krieg war bestimmt schwerer als die eure, aber ich glaube, sie war trotzdem schöner. Und die Schulzeit war eigentlich auch schöner, nicht wahr, Rößlein? Wenn ich denke, was mir das Amselchen manchmal erzählt, wie es heutzutage so zugeht ..."

„... Ule", unterbrach ihn Amsel, „das Schlimme ist nicht die Schule, sondern das Internat. Ich halte mich von früh bis spät in Gruppen auf, sogar nachts, könnt ihr euch vorstellen, was das heißt? Niemals allein sein? So viel reden und antworten müssen, daß einem manchmal fast der Kopf platzt und der Mund austrocknet? Und dann das dauernde Heimweh!" Ihre Augen füllten sich mit Tränen, und sie biß schnell in einen ihrer verbrannten Toasts.

„Aber Amsel", sagte Ule bekümmert, „du weißt doch genau, warum uns damals gar nichts anderes übrigblieb als das Internat. Wie ein schlafendes Dornröschen bist du durch die Gegend gelaufen . . ."

„. . . es hat mich halt keiner wachgeküßt."

„Nicht gerade geküßt", lachte Canis, „aber doch liebevoll mit den Haaren gespielt, wenn du dir in Mathe ewig die Formeln nicht merken konntest."

„Ja, du Hund, du hast mir damals fast die Haare ausgerissen, von wegen liebevoll!" Sie zog kräftig an seinem Bart. Und zum Vater: „Ule, das Internat war wirklich keine gute Idee von dir, wenn ich wieder heimdürfte, könnte ich dir versprechen . . ."

Das Telefon klingelt, Ule nimmt ruhig den Hörer ab. Wieder eine aufgeregte Frauenstimme, doch der Text ist für uns nicht zu verstehen. „Klingt der Husten trocken oder kommt Auswurf?" fragt Ule nach einer Weile.

„Wissen Sie, das kann eine Bronchitis sein, oder aber es sind Würmer."

„Es handelt sich offensichtlich um eine Katze, bei denen wandern die Würmer nämlich durch die Lunge, und dann husten sie wie wild", flüstert mir Amsel zu.

„Kommen Sie halt gleich noch mal mit ihr in die Praxis, ich schließe Ihnen die Tür auf." Ule erhebt sich müde, sieht für einen Moment alt aus. Er holt zwei Flaschen Wein aus der Küche, stellt sie vor uns auf den Tisch. „Trinkt ihr schon mal, aber wehe, ihr hebt mir nichts auf! Seid vergnügt, ich komm' bald wieder."

3

Abende im Hause Cannebor gab es für mich nun öfter, allerdings ohne Amsel und Hawaii-Toast, ohne Canis und selbstgedrehte Zigaretten. Genaugenommen auch ohne Ule, wenn er nicht immer mal seinen Umgang mit Papagei und Äffchen, Hund und Igel unterbrach, um geschwind nach mir zu schauen.

Miteinander ausgehen konnten wir nicht, weil er für seine Patienten jederzeit erreichbar sein mußte. „Weißt du was, Rößlein, wir machen es uns einfach zu Hause gemütlich", sagte er, bevor er „nur noch mal schnell in die Praxis huschen" mußte. Um so hingebungsvoller widmete ich mich den schimmelbeschichteten Bratpfannen, verlorengegangenen Kuchenplatten und ausgedorrten Ketchupflaschen. Was ich liebevoll gekocht hatte, aßen wir höchst selten miteinander zu Ende. Meine Aufräumungsarbeiten nahm er nicht recht wahr; dann schon eher meine regelmäßigen Abendspaziergänge mit dem Hund, das Säubern der Vogelkäfige, Katzen- und Schildkrötenkästen, das Einkaufen von Katzenkies, Vogelfutter, Halsbändern und Arztkitteln.

Ich stelle fest und gebe es sehr kleinlaut zu, daß ich nicht mit einer einzigen der hübschen gemeinsamen Unternehmungen aufwarten kann, die sich normalerweise um eine beginnende Liebesgeschichte herumranken wie die Rosen um den Torbogen . . .

Selbst Ules Heiratsantrag wurde durch das schrille

Klingeln des Telefons empfindlich gestört. Das Wort „Antrag" ist allerdings etwas hochgegriffen. Ules Worte lauteten: „Wir heiraten dann jetzt bald, Rößlein, ich erledige . . ." (Telefon)

Das war alles. Feministinnen mögen mir verzeihen, sie wissen schon warum.

Um meine Mutter vor einem Schock zu bewahren, teilte ich ihr meine Neuigkeit in sorgsam dosierten Rationen mit. Zunächst schrieb ich einen Brief, den ich mit harmlosen Gemeinplätzen einleitete, um dann zart gleitend zum Kernpunkt zu gelangen. Der Brief lautete:

„Liebe Mutter,

heute wollte ich mit dir ein bißchen schwatzen, aber die Leitung war dauernd belegt. Da dachte ich, auch wenn wir in derselben Stadt wohnen, könnte ich mal wieder ein Briefchen schreiben. Hoffentlich geht es dir gut. Mir jedenfalls geht es ganz besonders gut, denn ich habe einen Menschen getroffen, mit dem ich mich so wunderbar verstehe, daß ich ihn am liebsten von früh bis spät um mich hätte. Vielleicht machen wir das auch irgendwie möglich. Es handelt sich um einen Arzt, zehn Jahre älter als ich. Er war verheiratet mit Ursula D., die dir aus meiner Schulzeit noch ein Begriff sein müßte. (So eine hübsche Dunkelhaarige, trug immer eine beigefarbene Samtjacke.) Sie ist vor zwei Jahren bei einem unverschuldeten Autounfall ums Leben gekommen. Früher war ich dort sehr oft und kannte also auch ihren Mann gut. Nach ihrem Tod zog er sich völlig zurück, so daß wir uns aus den Augen verloren. Nun sahen wir uns vor ein paar Wochen zufällig wieder. Mal sehen, was daraus wird.

Tausend Grüße von deiner Witta."

Der Brief war von Schwindeleien buchstäblich eingerahmt. Der erste Satz stimmte nicht und der letzte auch nicht. Es gab nichts mehr „zu sehen, was daraus wird". Ich hatte mich bereits so tief in den Netzen der Aphrodite verfangen, daß ich eventuelle Befreiungsversuche von vornherein für hoffnungslos hielt und also auch keine unternahm.

Gleich einer Traumwandlerin schaute ich meine Mitmenschen mit großen Augen an und gab konfuse Antworten, was hier und da mit Kopfschütteln quittiert wurde. Selbst die dramatischen Geschichten meiner Fahrstuhlkollegin erreichten mich nicht. Der einzig halbwegs vernünftige Gedanke, den mein armer Verstand noch zuwege brachte, war die Sorge, ausgelacht zu werden oder den drastischen Satz von den alten Scheunen, die gut brennen, hören zu müssen. Niemand lachte mich aus, niemand hielt mich für eine Scheune. Dafür war ich dankbar.

Ich warf also den Brief ein und traumwandelte weiter. Als ich am nächsten Abend vom Dienst nach Hause kam und meinen elften Stock betrat, stand meine Mutter an die Wohnungstür gelehnt. Sie bemühte sich, mit betont ruhigen Bewegungen gelassen zu wirken. Da sie aber unter der verräterischen Schwäche litt, auf jede Erregung mit kleinen roten Flecken an Wangen und Hals zu reagieren, konnte sie die Rolle eines durch nichts zu erschütternden Mutterschiffes nie überzeugend darstellen. Sie gab denn auch sehr schnell auf.

„Du, hör mal, Roswitha", begann sie an diesem Abend den Dialog, „was bedeutet denn dein Brief nun genau?"

„Ach weißt du, Mutter, um es kurz zu machen, wir haben halt vor zu heiraten. Und warum auch nicht? Du hast doch selbst gesagt, die Frau sei für die Ehe geschaffen und . . ."

„. . . ja, Kind, ja, die *junge* Frau, habe ich gemeint. Aber du bist doch inzwischen längst ein Hagestolz geworden, vierzig Jahre alt!"

„Aber wieso denn Hagestolz?"

„Weil du dich seit Jahren nur um dich selbst und deine Eigenheiten drehst, deine Ruhe über alles liebst, den gleichmäßigen Lebensrhythmus, die ausgiebigen Menüs in den Lokalen . . ."

„ . . . die liebst du doch auch, Mutter!"

„Schon, mein Kind, doch für mich sind sie gewissermaßen der Lohn für ein arbeitsames Leben hinter dem Herd, verstehst du?" Sie schaute mich unsicher an.

„Nein, das verstehe ich nicht. Schließlich bin ich ja auch nicht faul. So ein Beruf als Redakteurin strengt ganz schön an. Ich glaube, du als ewige Hausfrau machst dir das überhaupt nicht klar."

„Doch. Ich kann mir schon denken, daß du manchmal erschöpft bist. Obwohl die Artikel auf deiner Seite ja meistens von anderen Leuten geschrieben werden . . ."

„O Mutterchen, du hast keine Ahnung – oder tust du nur so? Ich muß die Artikel doch auswählen, zusammenstellen, überarbeiten, kürzen – die sind fast immer zu lang. Und was glaubst du, wie anstrengend es schon ist, den ganzen Tag in diesem Trubel zu hocken!"

„Du wirst dich wundern, Roswitha, wie der Haushalt anstrengt. Du hast ja überhaupt keine Erfahrung! Außerdem bist du klein und zart."

„Für den Haushalt gibt es heute Maschinen. Es ist inzwischen längst bekannt, daß sogar Hausfrauen mit

Kindern einem Beruf nachgehen können, eben weil sie Maschinen haben."

„Aber Kind, du wirst als Arztfrau doch nicht deinen Beruf beibehalten wollen! Ein Arzthaushalt ist ein Problem für sich, weißt du das nicht?"

„Doch. Und ich will meinen Beruf ja auch aufgeben."

Dieses Zugeständnis hatte meine Mutter offenbar nicht erwartet. Mißtrauisch schaute sie mich von der Seite an. Auf ihrer Stirn bildeten sich zwei tiefe Falten. „Sag mal, Roswitha, ist er irgendein besonderer Facharzt?"

„Ja – ein Veterinär . . ."

„. . . wie bitte? Ein *Tierarzt* ist er?" Sie schrie es fast. „Um Gottes willen, nein, das ist ja alles noch viel schlimmer, als ich gefürchtet hatte. Ein Tierarzt! Ist dir klar, daß du seine kostbare Zeit Tag und Nacht mit Schweinen und Kälbern teilen mußt?"

„Warum nicht, Mutter, ich bin sehr tierlieb, das weißt du. Und Tierärzte muß es schließlich auch geben, solange es Tiere gibt."

Meine arme Mutter lehnte sich zurück und sagte eine Weile gar nichts. Schließlich kam es heraus, mit rauher Stimme, ein rührender Versuch des Kompromisses. „Na, wenn *du* dann schon nichts von deinem künftigen Mann hast, dann hat wenigstens die Taube was von ihm." Dabei schaute sie an mir vorbei, hinüber zu Frieda, die es sich wieder zwischen Fontane und Raabe bequem gemacht hatte.

„Mütterchen, du bist ein Schatz!" Ich atmete auf. Wir hätten jetzt zum belangloseren Teil des Gespräches übergehen können, wenn es da nicht noch einen zweiten Punkt gegeben hätte. Sie ahnte natürlich diesen Punkt und stellte sogleich die entsprechende Frage.

„Er hat sicherlich keine Kinder?"

„Doch, ein bißchen . . ."

„Ein bißchen Kinder? Wie viele denn?"

„Im Grunde nur eins. Einen Sohn von zwanzig, der schon studiert, also gar nicht mehr ins Gewicht fällt, und eine Tochter von vierzehn, die auch schon aus dem Gröbsten heraus ist."

„Also, du hast in Zukunft einen schwer arbeitenden Mann, eine pubertierende Tochter und einen aufsässigen Studenten zu versorgen, neben vielen Tieren natürlich. Und das alles als eingefleischte Junggesellin, die nichts als lesen und schreiben gelernt hat. Das kann ja heiter werden!"

„Aber Mutter, der Junge studiert in Münster und kommt gelegentlich zu den Wochenenden heim. Aufsässig ist er überhaupt nicht, und das Mädchen . . ."

„. . . ja ja, ich weiß, du meinst, sie sei mit vierzehn aus dem Gröbsten heraus. Du wirst dich wundern, Witta, was es heutzutage heißt, für vierzehnjährige Mädchen verantwortlich zu sein! Die rauchen Hasch und nehmen schon die Pille und rennen jeden Abend in die Diskothek. Und du stehst zu Hause am Fenster und wartest halbe Nächte hindurch, daß das Mädchen irgendwann wieder heimkommt. Aber da du ja sowieso auf deinen Mann wartest . . . Wie heißt er eigentlich?"

„Ulrich. Ulrich Cannebor, und ich mag ihn, daran ist nun nichts mehr zu ändern."

Sie schaute mich lange an. Dann legte sie ihren Arm um meine Schultern und sagte lächelnd: „Ulrich ist ein hübscher Name."

So war meine Mutter. Sie kämpfte furchtlos und verbissen. Wenn sie aber merkte, daß sie keine Chancen mehr hatte, den Sieg davonzutragen, legte sie ihre Waffen ohne Groll nieder und regelte die Sache friedlich.

„Sag mal, Witta, er wird ja nun mein Schwiegersohn, wie ist er denn so in seiner Art, und wie schaut er aus?"

„Mittelgroß, breitschultrig, kurze Haare, grau und struppig, freundliche graue Augen hinter einer Brille. Ich bin sicher, er wird dir gefallen. Er hat eine ausgeglichene, ruhige Art, ist aber in allem, was er sagt, sehr bestimmt."

„Also autoritär?"

„Nein, glaub' ich nicht. Aber er hat einfach zuwenig Zeit, um über die Dinge, die er für notwendig hält, lange zu diskutieren."

„Das kommt aber aufs gleiche hinaus."

„Und wenn schon. Autorität ist ja kein Schimpfwort; aber er wird nichts durchsetzen wollen, was er nicht vorher durchdacht hat. Man kann sich ihm getrost anvertrauen."

„Ah ja . . ."

„Schade, du wirst ihn selten zu Gesicht bekommen, er ist ziemlich hart eingespannt."

„Genau das habe ich ja befürchtet; mit seinem Beruf verheiratet, nicht mit dir."

„Das eine schließt doch das andere nicht aus. Und hättest du denn lieber einen Schwiegersohn, der sich beruflich nicht richtig engagiert?"

„Das auch wieder nicht."

„Na siehst du. Und mit welcher Engelsgeduld er Tag und Nacht für seine piepsenden und bellenden Patienten da ist, das muß man schon bewundern."

„Eigentlich mag ich Tiere auch, Witta, und vielleicht kann ich mal einen eurer Hunde ausführen, wenn möglich den kleinsten, der nicht so zieht – aber daß du dich auf das Territorium einer Hausfrau wagst! Bin gespannt, wie du deine alte Abneigung mit deinem neuen Leben unter einen Hut bringst."

„Ganz unmöglich", lachte ich, „für solche Gegensätze wäre kein Hut der Welt groß genug! Nein, mir bleibt gar keine andere Wahl, als die Abneigung einzumotten. Außerdem: Neue Besen kehren gut."

„Na, deine Besen blieben immer relativ neu ..."

„... das wird jetzt anders. Und bei den vielen Tierhaaren brauch' ich sowieso mehr Bürsten als Besen."

„Du wirst vor allem gut organisieren müssen. Zum Beispiel könntest du dir Tagespläne machen, schriftliche meine ich. Und natürlich darfst du auch jederzeit mit deiner alten Mutter rechnen, wenn es mal ganz dick kommt."

Es wurde für uns beide noch ein schöner Abend, erfüllt von Zukunftsmusik und nostalgischen Tönen, die immer harmonischer zusammenklangen und sich zum Schluß anhörten wie *eine* gelungene Komposition.

Man sagt das so dahin: Ein Mensch wächst in seine Pflichten hinein. Für mich traf das nicht zu. Ich hatte gar keine Zeit, in irgend etwas hineinzuwachsen. Die Pflichten fielen über mich her wie haushohe Meereswogen, überschwemmten mich, rissen mich mit, und wenn es mir vergönnt war, schnappte ich zwischendurch nach Luft. Frau Kräuter, Ules Haushilfe, kündigte, kaum daß sie meiner ansichtig wurde – „wegen der unerträglich vielen Hunde- und Katzenhaare auf allen Teppichen, Möbeln und Kleidungsstücken". In Wirklichkeit war es wohl die Aussicht auf eine neue Hausfrau, die in ihr den Fluchtgedanken reifen ließ. Oder, eine andere Möglichkeit: Was ihren Fleiß bisher beflügelt hatte, die barmherzige

Tat am unversorgten (einsamen) Witwer, wurde durch mich nun plötzlich profan ...

Wie dem auch sei, von einem Tag zum andern blieb sie weg. Canis wollte wieder nach Münster fahren und kam mit seiner Wäsche nicht zurecht, weil die Waschmaschine den Dienst versagte. Amsel wollte so schnell wie möglich das Internat verlassen und wieder nach Hause kommen, mußte aber wegen ihrer schweren Koffer in Kassel abgeholt werden. Ule erstickte fast in Arbeit, denn im Februar frieren nicht nur die Menschen, sondern auch die Tiere, trotz Pelz und Gefieder, und auch sie holen sich Husten, Schnupfen, Heiserkeit, brauchen Rotlicht, Tabletten und den ärztlichen Zuspruch.

Ich jagte im Eilschritt zwischen den beiden Wohnungen und dem Verlagshaus hin und her und fand nur mit Mühe die Zeit (oder den Mut?), meinem überraschten Arbeitgeber ordnungsgemäß zu kündigen. Gott sei Dank hatte ich noch so viele Urlaubstage gut, daß ich zwei Wochen vor der Hochzeit den Dienst beenden konnte. Den kleinen Abschiedskummer verschluckte ich und goß die Vorstellung hinterher, daß nichts im Leben so wichtig sei wie Veränderung und Flexibilität.

4

Wir heirateten am vierzehnten April „im engsten Familienkreis". Zu diesem Kreis gehörten außer Amsel und Canis Ules Schwester Franziska mit ihrem Mann und Tante Herta, die Schwester seiner Mutter; die Eltern Cannebor lebten nicht mehr.

Von meiner Seite kamen meine Mutter, mein Bruder Pit und seine Frau Charlotte. Meine Freundin Minka, die ich auch gern bei uns gesehen hätte, konnte wegen einer heftigen Grippe nicht kommen. Sie wollte es aber nachholen, um mich „für dieses waghalsige Unternehmen noch etwas zu präparieren".

Ich werde darauf verzichten, unseren Hochzeitstag in allen Einzelheiten zu schildern. Ich habe gute Gründe dafür. Schlimm genug, daß meine Mutter nicht ohne ihre Baldriantropfen auskam und daß mein Bruder mich dauernd trösten zu müssen glaubte. Selbst Charlotte, meine liebe Schwägerin, die sonst mit beiden Füßen fest auf dem Erdboden stand und von der ich daher hätte erwarten dürfen, daß sie sich die Pflichten eines vielbeschäftigten Tierarztes vorstellen konnte, schaute mich betrübt (und ihn finster) an und sprach betont sanft mit mir. Dabei war Ule sowohl zur standesamtlichen als auch zur kirchlichen Trauung pünktlich gekommen; die akademische Viertelstunde gehört ja schon zum guten Ton, kann ihm also nicht vorgeworfen werden. Auch die Notanrufe am Nachmittag – und dann erst wieder am späteren Abend – haben das übliche Maß eines Samstags keineswegs überschritten. Ule schonte mich, so gut es ging, und holte mich nur dann zur Assistenz, wenn Canis oder Amsel nicht zu finden waren.

Scherereien machte uns lediglich der Hund Gustav, der just an diesem Tag (oder gerade deshalb, denn die Gäste ließen versehentlich die Türen offen) dem Großstadtleben frönen wollte und uns damit zur Suche zwang, denn er war unzuverlässig im Straßenverkehr. Aber auch mit diesem kleinen Mißgeschick haben wir niemanden der Gäste behelligt. Ule legte ausdrücklich Wert darauf, daß nur die Familie Cannebor, zu der ich ja glücklicherweise nun auch gehörte, sich auf den Weg machen sollte, um Gustavs Spur aufzunehmen. Ich lernte dabei, daß man so etwas „sternförmig" tut, das heißt jeder bekommt ein Revier zugeteilt und hastet anschließend in der ihm vorgeschriebenen Richtung davon. „Hastet" deshalb, weil vier Beine logischerweise ein höheres Tempo einschlagen können als zwei, weil man durch das dauernde Umherschauen ohnehin viel Zeit verliert und weil sich Hunde, wenn sie gesucht werden, vorzugsweise in Hauseingängen und Hinterhöfen aufhalten, was ja auch vom Suchtrupp einkalkuliert sein will. Da aber der vierzehnte April noch ausgesprochen kalt war und ich mich mit meinem hellen Seidenkleid, dem sehr dünnen Mantel und den zarten Pumps nicht eben wetterfest fühlte, konnte ich der Notwendigkeit zu starker Bewegung eine durchaus positive Seite abgewinnen.

Wie ich nun so dahineilte mit roter Nase, blauen Lippen und angestrengtem Verfolgerblick, begegnete mir – es mag wie ein schlechter Scherz klingen – mein Zeitungschef.

„Nanu, Frau Fabian?"

„Cannebor, seit heute."

„Und schon auf der Flucht vor dem Ehemann?"

„Nein, auf der vermeintlichen Spur eines entlaufenen Hundes."

„Kann ich Ihnen dabei behilflich sein? Vielleicht sollten wir einmal bellen!"

„Besser nicht, der Hund könnte erschrecken."

„Na gut, wenn Sie meinen ... aber ich hätte gern für Sie gebellt!"

Ein Stück begleitete er mich, sorgfältig jeden Hauseingang inspizierend, während ich mich bemühte, meine Schritte zu strecken, um ja nicht in das von ihm verhöhnte Trippeln zu verfallen.

Beim Abschied lud ich ihn ein, abends noch für ein Stündchen bei uns hereinzuschauen. Er sagte gerne zu.

Wir fanden Gustav nicht, vielmehr verloren wir auch noch Canis. Eine weitere Regel für sternförmige Suchaktionen lautet nämlich: Die Mitglieder finden sich pünktlich zu verabredeter Zeit am Ausgangspunkt wieder zusammen. Exakt berichtet, fehlten Canis und Ule. Doch Ule entdeckten wir in seiner Praxis, wo er eine viruskranke Katze zur Beobachtung hatte. Canis, wie sich später herausstellte, war unterwegs einem Kommilitonen begegnet und hatte sich mit ihm verplaudert.

Bei der Tierfütterung am Abend half mir Amsel. Daß mich die schwarzweißgestreifte Ratte Rita biß, und zwar ausgerechnet in den rechten Ringfinger, an dem seit wenigen Stunden mein neuer Ehering blitzte, war meinem Ungeschick zuzuschreiben. Ich hätte sie nicht streicheln dürfen, ohne sie vorher anzusprechen. Amsel war sofort mit Jod und einem Pflaster zur Stelle. Ehering und Pflaster; wie gut, daß ich nicht abergläubisch war!

Um punkt acht Uhr klingelte es, und kurz darauf trat mein Chef ein. Feierlich überreichte er mir einen großen Tulpenstrauß und dazu ein Päckchen. „Der Strauß ist zur Besänftigung", lachte er, und ich ahnte Übles. Was hatte er mir sorgfältig in einem kleinen grünen (natürlich grünen) Ordner zusammengestellt? Die „Küchen- und Gartentips" eines ganzen Jahres!

„Die wirst du gut brauchen können, Rößlein", meinte der ahnungslose Ule.

Das vergnügte Blitzen in den Augen meines Widersachers bemerkte nur ich allein.

Gegen Mitternacht gesellte sich zu unserer fröhlichen Runde noch ein Polizist. Er hatte Gustav vor dem Schaufenster einer Modeboutique entdeckt und ihn, der bereits auf dem Polizeirevier als vermißt gemeldet war, gleich eigenhändig hergebracht. Da sich der Polizist auf Streife befand, konnte er nur wenige Minuten bleiben. „Für ein Schnäpschen reicht's", sagte er freundlich und prostete mir zu. „Auf Ihr Wohl, Frau Cannebor, und recht viel Glück für die Zukunft, mit Mann und Maus, Kind und Kegel!"

„Mit Mann und Ratte", lachte Amsel und machte den erschrockenen Mann mit Rita bekannt.

Zwei Tage später löste ich meine kleine Wohnung auf. Dies geschah nicht ohne Wehmut, wie ich zugeben muß. Doch jemand litt noch mehr als ich: Frieda.

Ule hatte mir für ihren Umzug einen Vogelkäfig gegeben. Darin saß sie nun, taubenblau, gurrte melancholisch und verdrehte die Augen.

„Frieda", sprach ich, „du bekommst eine neue Heimat. Der Balkon liegt nicht mehr so hoch wie dieser hier, dafür aber ist er größer und angenehm windgeschützt. Dein Herrchen, mein Mann, ist Tierarzt. Möglicherweise kann er etwas für den Wuchs deiner Kopffedern tun. Das ist doch alles sehr positiv, findest du nicht?"

Sie fand es nicht (vielleicht verstand sie auch das Wort „positiv" nicht). Jedenfalls verdrehte sie weiter die Augen und kratzte ärgerlich mit ihren dürren Füßchen im Sand.

„Du machst es mir wirklich nicht leicht, Frieda", tadelte ich, „schließlich ist der Abschied von diesem Hochhaus nach so vielen Jahren für mich auch kein Pappenstiel!"

Sie schaute mich verdrießlich an, als wollte sie sagen: Was kümmern mich deine Pappenstiele, du hättest ja alles beim alten lassen können!

„Gewiß, Frieda, du bist ein Tier, ein Gewohnheitstier, wie man so treffend sagt. Ich aber bin ein Mensch, verstehst du? Das ist ein Unterschied, ein ganz gewaltiger. Ich habe mich nämlich verliebt, und das bringt nun mal Veränderungen mit sich."

Passiert uns Tauben auch, schien sie zu sagen, nur bringt es bei uns keine Veränderungen mit sich, wir machen eben nicht aus jeder Mücke einen Elefanten ...

„Liebe ist keine Mücke, Frieda, und auch kein Elefant, selbst wenn ich in Zukunft viel mit Tieren zu tun haben werde."

Sie legte den Kopf schief, als hätte sie nicht recht gehört.

„Ja, ich habe künftig mit einigen Tieren zu tun", wiederholte ich, „und du wirst so freundlich sein, dich einzuordnen. Es gibt dort vier Katzen, einen Hund, eine zahme

Ratte, einen Nymphensittich, einen Papagei, zwei Schildkröten und viele Fische."

Ich bildete mir ein, ihr Gurren verwandle sich in ein ängstliches Gekreisch: Einordnen? Bei Katzen soll ich mich einordnen? Weißt du, was das für eine Taube heißt?

„Nicht alle Katzen fressen Vögel, und Tauben fressen sie schon überhaupt nicht. Sie werden sich an dich gewöhnen und dir nichts tun. Sie sind übrigens sterilisiert beziehungsweise kastriert, vermehren sich also nicht. Außerdem kommst du nachts in ein Sonderzimmer, auch wieder zwischen meine Bücher, wenn du willst, sogar zwischen die gleichen Titel."

So etwa redeten wir miteinander, während ich meine Bücher in Pappkartons verpackte und zwischendurch, zum Abschied, über meine geliebten Dächer schaute, deren verwinkelte Konturen ich so gut kannte.

Dann klingelte, zu meiner Freude, das Telefon. Tante Herta, unser Hochzeitsgast aus München, wollte sich nach meinem Ergehen erkundigen. „Guten Tag, mein liebes Rößlein, ich bin wieder in München!" rief sie vergnügt mit ihrer hellen sympathischen Stimme. „Ich hatte erst bei euch drüben angerufen und von der Sprechstundenhilfe erfahren, wo du bist. Ja sag mal, hilft dir denn keiner bei diesen Räumungsarbeiten?"

„Doch doch, Tante Herta, der gute Canis fährt erst morgen wieder nach Münster. Er hat sich einen VW-Bus gemietet, und gleich kommt er mit einem Freund, um mir die schweren Sachen zu transportieren. Außerdem wird nachher meine Mutter hiersein. Der Ule hat heut Operationstag, wie immer am Montag. Das kann er unmöglich aufschieben, weil sonst die übrigen Tage zu voll werden."

„Warum hat Ule keine Transportfirma für deinen Umzug beauftragt?"

„Weil sich das für meine wenigen Junggesellenmöbel nicht lohnt."

„Und wo steckt Amsel?" Tante Herta machte sich offenbar Sorgen um mich, was mir an diesem Tag wohltat.

„Amsel habe ich in die Schule geschickt. Sie ist ja erst seit kurzem wieder hier in ihrer alten Schule, und wie du weißt, hapert es bei ihr in den Naturwissenschaften."

„Ja, sie träumt gern, eine kleine Romantikerin, das habe ich auch jetzt wieder gedacht, Rößlein. Ein so schönes Mädchen, mit den dunklen Haaren und blaugrünen Augen fast ein Abbild ihrer Mutter. Du wirst Mühe mit ihr haben, obgleich sie dich sehr liebt – man spürt es gleich."

„Das beruht auf Gegenseitigkeit. Aber ich glaube auch, es wird nicht leicht sein, sie allmählich etwas fester auf die Erde zu stellen, ohne ihr dabei weh zu tun. Die Träumerei gehört schließlich zu ihrem Wesen, auch zu ihrer Musikalität."

„Sie hat wunderbar gegeigt bei eurer kirchlichen Trauung. Es war doch Bach?"

„Ja, der erste Satz aus der h-moll-Sonate. Sie hatte große Angst vor dem langgezogenen Anfangston, weil ihr da der Bogen so leicht zittert; sie regt sich immer sehr auf."

„Hat man nicht gemerkt, ich fand's nur schön. Überhaupt war es schön bei euch. Nur die vielen Tiere sind etwas anstrengend. Überall huschen Katzen, und der Hund bellt, und dann wieselt noch diese entsetzliche Ratte herum."

„Ach weißt du, Tante Herta, ein Tierarzt muß eigene

Tiere haben, so wie ein Architekt sich auch mal ein eigenes Haus bauen muß."

„Gegen *ein* Tier wäre ja auch nichts einzuwenden, doch warum müssen es so viele sein?"

„Weil Amsel hin und wieder ihren Vater ins Tierheim begleitet, und weil ihr jedesmal das Herz schmilzt beim Anblick der Allerärmsten. Das ist der einzige Grund."

„Ihr seid goldige Leut', Rößlein."

„Dann komm jetzt öfter mal zu uns."

„Du, ich habe fünfundsiebzig Jährchen auf dem Buckel, da fällt es mir immer schwerer, mein Nest zu verlassen. Aber du wirst *mich* besuchen, sooft du das Bedürfnis nach Tapetenwechsel hast. Ich ruf' dich gelegentlich an, um zu erfahren, wie du mit diesem zoologischen Haushalt zurechtkommst. Übrigens, was ich noch sagen wollte, hast du bemerkt, daß euer Kater, ich glaube er heißt Meiermann, alle Tulpen verspeist hat?"

„Ja, die gehören zu seinen Lieblingsgerichten; er heißt Meier-Gröffelbach."

„Später standen nur noch die Stiele in der Vase. Ule hat gemeint, der Kater leide wahrscheinlich unter Vitaminmangel."

„Ich weiß – Tulpen und Nelken sind die bevorzugten Vitaminspender, vor allem im Frühjahr, wenn wenig frisches Grün ..."

„... ich merke, du wächst hinein in diese unmögliche Familie", lachte sie. „Aber mein Angebot bleibt bestehen: Ruf mich immer an, wenn du mit den Cannebors nicht zurechtkommst. Nun adieu, und Ohren steif!"

„Adieu, Tante Herta, und danke schön, daß du am hellichten Montag vormittag so ein teures Telefongespräch für mich drangehängt hast!"

„Wenn es ein Tag nötig hat, dann der Montag", sagte sie, „und wenn du mich besuchst, gehen wir am Montag vormittag ins Café. Man muß so einen Wochenanfang überlisten, wie alles, was sich schwer anläßt, nicht wahr? Adieu, Rößlein."

Ich fühlte mich beschwingt, als ich den Hörer auflegte. Tante Herta war ein Schatz, den ich mir unbedingt bewahren wollte. Als Schwester von Ules Mutter ließ ich sie in meinem Herzen den Platz der Schwiegermutter einnehmen.

Frieda hatte inzwischen aufgehört zu zetern und hielt in ihrem Käfig ein sanftes Nickerchen. Geschwind packte ich meine restlichen Bücher zusammen. Ich kochte mir einen Kaffee, den letzten in der Kochnische, und hielt eine vergnügliche kleine Abschiedsfeier, bei der ich Tante Hertas Worte in mir nachklingen ließ: „Man sollte alles überlisten, was sich schwer anläßt." Also auch einen Abschied, einen Umzug und schließlich auch den Neubeginn als ungelernter Haushaltsvorstand.

5

Frieda tat sich schwer in ihrer neuen Umgebung. Es liegt in der Natur der Tiere, daß sie die Begrüßungszeremonien untereinander relativ unfreundlich gestalten. Während ich in einem warmen Familiennest empfangen wurde, hatte sie, die arme Frieda, gegen Unhöflichkeit, Eifersucht und bornierte Intoleranz anzukämpfen. Selbst die Ratte Rita, die aus der bitteren Erfahrung ihrer eigenen Sklavenexistenz (sie wurde von den Katzen gelegentlich arg gerupft) hätte wissen müssen, wie man einem Neuankömmling begegnet, gebärdete sich streitsüchtig. Frieda war zu sensibel, als daß sie die feindseligen Töne in der Konversation nicht deutlich herausgehört hätte. Und da ihr Selbstbewußtsein, wegen der fehlenden Kopffedern, ohnehin daniederlag, zog sie es vor, den Schwierigkeiten nicht kämpferisch zu begegnen, sondern ihnen auszuweichen. Sie durfte dabei meiner Zustimmung und Unterstützung gewiß sein, denn es wäre möglicherweise zu sehr unangenehmen Überraschungen gekommen, hätte ich Friedas Eingemeindung „ausprobiert" oder gar erzwungen . . .

So geleitete ich sie täglich nach dem gemeinsamen Frühstück hinaus, bat sie, abends nach Rückkehr von sich hören zu lassen, und sah erleichtert zu, wie sie von dannen flog. Ich vermute, sie steuerte die alte Heimat an, den Balkon vom elften Stock, und ich hoffte von Herzen, die neuen Leute dort würden ihr Gebrechen, die fehlenden

Kopffedern, weder mitleidvoll noch höhnisch kommentieren; beides empfand Frieda als taktlos, und es verwirrte sie so sehr, daß sie mit den Füßen zu kratzen begann, auch wenn gar kein Sand zum Kratzen da war.

Nachts schlief sie in Canis' Zimmer zwischen meinen dort abgestellten Büchern, zwischen „Effi Briest" und „Hungerpastor" (weil Tiere zur Gewohnheit neigen). Soweit Frieda.

Um die psychischen Schwierigkeiten der alteingesessenen Haustiere konnte ich mich nicht kümmern, obgleich so manches im argen lag, weil zu viel anderes erledigt werden mußte. Jeden Morgen, wenn ich mich im Bett aufsetzte, um mir im Zeitraffertempo den vermutlichen Tagesablauf vorzustellen, versuchte ich, eine Gruppe von „Arbeiten mit Vorrang" zu bilden.

Da war zum Beispiel ein grüner Brief, in dem ich „dringend gebeten" (vorgedruckt) wurde, Amsels Mathematiklehrer aufzusuchen. Amsel wußte, wie immer, von nichts, war sich auch keiner Schuld bewußt. Selig, daß sie wieder zu Hause sein durfte, bemühte sie sich redlich um einen untadeligen Lebenswandel, was sich allerdings wohl nicht – ich ahnte es – auf ihre mathematischen Leistungen erstreckte.

In der folgenden Nacht schlief ich schlecht. Amsel hatte ihren Lehrer, auf meine Frage hin, als „mittleren Typ mit leichtem Linksdrall" bezeichnet. Sie habe, außer Mathematik, Gesellschaftslehre bei ihm, also könne sie das schon ganz gut beurteilen. Auch privat entbehre der junge Mann einer einheitlichen Linie. Bei Klassenausflügen lege er großen Wert auf das gediegene Mittagessen mit Bierchen; in seinem stets sauber gewaschenen Auto liege vor dem Rückfenster ein wollenes Paradekissen, bestickt mit dem Autokennzeichen, daneben sitze ein Stofftiger mit Wackelkopf. Des Lehrers blondlockiges Langhaar und der rötliche Backenbart wirkten recht gepflegt, dafür kleide er sich schlampig. Er lebe mit einer Dame namens Luna und dem gemeinsamen fünfjährigen Sohn Raffael zusammen und betrachte den fehlenden Trauschein, weil er so oft davon spreche, ganz offensichtlich als seinen tapferen Beitrag zur modernen Weltanschauung.

Wie war eine solche Persönlichkeit zu behandeln? Immerhin galt es, des Lehrers Geduld aufzubauen für die Begriffsschranke, mit der Amsel jeder mathematischen Einsicht den Zugang verwehrte.

Sollte ich mich schlampig kleiden oder schick? Sollte ich mich bescheiden geben oder selbstbewußt, gediegenbürgerlich oder progressiv, auf konventionelle Formen pfeifend?

Da sich nächtliche Gedanken im allgemeinen zu verwirren pflegen, sah ich mich schließlich in einem schwarzledernen Motorradanzug und mit Sturzhelm auf dem Kopf pfeifend vor einem Mann sitzen, der an Tarzan erinnerte ... Beunruhigt durch solche Vorstellungen warf ich mich von einer Seite auf die andere, innig hoffend, Ule möge wach werden und sich nach meinen Sorgen erkundigen. Natürlich wurde er wach.

„Bist du krank, Rößlein?" fragte er müde.

„Nein."

„Warum tanzt du dann im Bett herum?"

„Ich tanze nicht, ich wälze mich – wegen meiner Sorgen um Amsels Mathematik."

„Ach laß nur, die kommt schon irgendwie durch." (Er hoffte schnell weiterschlafen zu können.)

„Bitte noch eins, Ule", sagte ich rasch, um seinem Schlaf zuvorzukommen, „wie soll ich morgen Amsels Mathelehrer besänftigen, wenn alle meine taktischen Bemühungen nicht einschlagen und er mir nur knallhart ihre schlechten Leistungen vorhält?"

„Man merkt, Rößlein, daß du lange nichts mehr mit der Schule zu tun hattest. Heutige Junglehrer sind nicht knallhart, sondern butterweich, und ihre pädagogische Richtschnur ist nicht die Pädagogik, sondern die Psychologie, von der sie aber leider nicht viel verstehen."

„Hast du am Ende Amsels Mathelehrer schon einmal kennengelernt, Ule?"

„Ja, ich glaube, als sie in die Sexta kam. Er ist wie beschrieben: geht durch die Klasse, sammelt ‚Probleme', bespricht sie ‚offen' und mißtraut den Eltern, deren Kinder sich bei diesem Treiben innerlich verschließen, weil's ihnen peinlich ist."

„Mensch, das ist aber schwierig. Ja und wie behandelt man solche Leute denn nun?"

„Sag ihm, ich verarzte seinen Hund kostenlos oder auch seine Katze." Er lachte leise und gähnte herzzerreißend.

„Aber Ule, das ist ja Bestechung! Außerdem hat er, soviel ich weiß, weder Hund noch Katze, sondern nur im Auto einen Stofftiger mit Wackelkopf."

„Dann soll er den bringen." Kurz darauf atmete mein lieber Mann tief und gleichmäßig.

Auf der Straße fuhr ein Auto vorbei, mit Dieselmotor; wahrscheinlich ein Taxi. In der Ferne sangen Betrunkene.

Unsere vier Katzen, durch das nächtliche Gespräch gestört, legten sich wieder zur Ruhe; und zwar auf der unteren Hälfte des Bettes, als schwere, aber brauchbare Wärmflaschen für meine kalten Füße.

Studienrat Schlupf hieß der Klassenlehrer von Klasse 8L. Ich sprach mir den Namen immer wieder vor, denn in der Lärmglocke des Schulhauses – es war Pause – drohten mir fast die Sinne zu schwinden. Außerdem hatte Amsel mich so oft ermahnt, ich möge nicht aus Versehen „Herr Schlumpf" sagen, (in Anlehnung an eine kleine Figur aus der Schlagerwelt), daß ich mich nun erst recht verunsichert fühlte. Von selber wäre ich nie darauf gekommen, Herr Schlumpf zu sagen; gefährlicher war da schon „Schlupp", denn so hieß ein Zeitungskollege von mir.

Als ich mich auf der Kreuzung von zwei außerordentlich zugigen Gängen befand, kurz innehaltend, um mir ein weiteres Suchprinzip auszudenken, stand plötzlich Amsel vor mir. „Tag, Rößlein." Sie lächelte schwach, nahm meine Hand und zog mich eilig zum Elternsprechzimmer. Dabei redete sie nervös auf mich ein, es sei gut, daß ich ein sportliches Kostüm trüge, „wegen dem Neutralen", ich möge mir merken, daß er Schlupf heiße, ich solle, bitte, nichts gegen Mengenlehre einzuwenden haben, auch nichts gegen grausame Bombenfilme und sexuelle Aufklärungsstücke, denn er sei der festen Meinung, das wirke (im ganzen gesehen) stabilisierend, auch wenn einem vorübergehend schlecht würde. „Sonst erzähle ich dir nie wieder was von der Schule, Rößlein!"

Dann sprang sie davon und ließ mich vor einer Tür stehen, auf der offiziell „Elternsprechzimmer" stand, inoffiziell mit blauer Ölkreide „Omas Plauschecke". Als mein Anklopfen unbeantwortet blieb, öffnete ich zaghaft die Tür. Drinnen saßen, mit hochroten Köpfen, Schülerinnen und Schüler, die offenbar eine wichtige Klassenarbeit schrieben. Ihr wütendes Gezischel, als sie meiner ansichtig wurden, ließ darauf schließen, daß sie schon des öfteren durch eine Oma belästigt worden waren. Geschwind machte ich die Tür wieder zu, ging zum gegenüberliegenden Fenster und beschloß, an das Fensterbrett gelehnt, geduldig zu warten. Auf den wenigen umherstehenden Stühlen und Tischen saßen, oder besser: lagen, Schüler, rauchend, lachend, miteinander balgend, gänzlich uninteressiert an dem, was in ihrer Umgebung geschah.

Für mich war es eine der Situationen, deren triste Realität, in Verbindung mit dem Leerlauf des Wartens, zu trübsinnigen Gedanken führt.

Worauf hatte ich mich da eingelassen? Würde ich meinen neuen Pflichten auch nur annähernd gerecht werden können, flüsterte mir meine ängstliche Stimme zu. Doch ließ ich, um des inneren Gleichgewichtes willen, auch die vergnügte Stimme zu Wort kommen, die mich an mein – wenn auch kurzes – nächtliches Gespräch mit Ule erinnerte und daran, daß meine neue Familie mich brauchte.

Eine Dame kam energisch des Wegs. Kamelhaarmantel, Pelzhut (mit Zierknopf), Krokotasche, Krokoschuhe, alles, wie der Kenner sagt, „Ton in Ton", absolut fehlerfrei. „Wollen Sie auch zu Herrn Schlupf?" fragte sie streng.

„Ja, ich bin auf zehn Uhr bestellt", antwortete ich, ohne zu lächeln, denn ich fürchtete, durch Sanftmut die Aggressionen der Dame zu wecken.

„Wenn Sie es nicht besonders eilig haben", meinte sie, „könnten Sie mich freundlicherweise vorlassen. Es handelt sich bei mir um einen reinen Routinebesuch, mein Junge steht in allen Fächern glatt."

Wie kam sie auf die Idee, ich könne es nicht eilig haben? Ich reagierte trotzig und pochte auf mein redlich erstandenes Erstlingsrecht.

„Ganz wie Sie wollen", antwortete sie spitz, wandte sich von mir ab und ging mit dem lauten „Klack" ihrer Pfennigabsätze, die sich unter der Korpulenz der Besitzerin beinahe bogen, im Gang auf und nieder.

Was sich dann von fern blicken ließ, mußte Herr Schlupf sein. Mein erster Eindruck: blonde Haarberge obere Hälfte, beigefarbene Cordhosen untere Hälfte. Bei näherem Hinschauen wurde diese Farbharmonie durch ein grünrotgestreiftes Hemd ganz empfindlich gestört. Dafür stimmten aber wieder die Schuhe. Es waren sehr große braune Sandalen, darinnen nackte Füße, von eher herber Schönheit, steckten.

Die Haarberge teilten sich auf in langes Haupthaar und in einen Backenbart, beides ineinander verhakt und von jener gekräuselten Beschaffenheit, die dem seidigen Glanz nur wenig Chancen gibt und den Betrachter unwillkürlich Durst empfinden läßt.

„Hallo, Frau Cannebor?" rief Herr Schlupf mit singender Stimme und schüttelte mir freundlich die Hand. „Setzen wir uns doch!" meinte er, bevor er sich umgeschaut hatte. „Oder" (nachdem er sich umgeschaut hatte) „wenn es Ihnen nichts ausmacht, können wir auch auf- und niedergehen."

„Ist recht", murmelte ich, obgleich es mir gar nicht recht war, denn die Dame klackte weiterhin auf und ab, würde uns nun dauernd begegnen, unser Gespräch mit anhören und insgeheim die Leistungen meiner Amsel mit denen ihres glatten Jungen schadenfroh vergleichen. Doch der junge Mann war, getreu Ules Prophezeiung, weniger an Amsels Leistungen in Mathematik als an ihren psychischen Nöten interessiert, die er hinter ihrer Schüchternheit glaubte ahnen zu müssen. So gradlinig ich auch das Thema Mathematik und die notwendigen Nachhilfestunden immer wieder ansteuerte, er bestand hartnäckig auf den psychischen Nöten. Also ließ ich schließlich seinen Erörterungen freien Lauf und erfuhr dabei, daß durch meine Einheirat in die Familie Cannebor ein neu strukturiertes Familiengefüge zustande gekommen sei, von Amsel psychisch noch nicht verarbeitet, realisiert, akzeptiert und vieles mehr.

„Sie ist ein sehr musischer Mensch, sensibel und verträumt; solche Menschen haben es meist etwas schwerer im Leben", warf ich in einer kurzen Pause ein. Doch Herr Schlupf überhörte es. Die freie Fahrt in Richtung Psychologie berauschte ihn so, daß es ihm schwerfiel, zu bremsen oder auch nur zu unterbrechen. Fest verpackt trug er seine Idee mit sich herum, sorgsam darauf bedacht, sie vor Gegenargumenten zu schützen.

Und dauernd begegneten wir der Kamelhaardame! Noch einmal unternahm ich einen Versuch, diesmal geschickt von der Psychologie zur Mathematik überleitend. „Annemarie hat wenig Selbstvertrauen, Herr Schlupf. Man sollte ihr die Mißerfolge in den Mathematikarbeiten möglichst ersparen. Könnten Sie mir wohl einen Nachhilfelehrer vermitteln?"

Herr Schlupf notierte sich meinen Wunsch und versprach, ihn zufriedenstellend zu erfüllen.

Dann riet er mir noch offene Gespräche am Familientisch, kleine Diskussionsabende und – „bitte verstehen Sie mich nicht falsch, in Amerika ist das längst üblich" – das Gespräch mit einem Psychologen, um Amsels schulisches Unbehagen zu ergründen.

Ich dachte angestrengt darüber nach, was ich zu Mittag kochen könnte . . . (Es muß jedenfalls Amsels Lieblingsessen sein. Dampfnudeln mit Vanillesoße? Ich werde auf dem Heimweg beim Bäcker vorbeigehen und Hefe kaufen. Was brauche ich noch? Milch, Mehl, Zucker, Butter, Vanille, lauter gute Sachen. Die ganze Wohnung sollte danach duften!)

Wir verabschiedeten uns freundlich voneinander.

Den Weg zur Ausgangstür fand ich mit nachtwandlerischer Sicherheit.

Übrigens vermittelte uns Herr Schlupf eine nette, zuverlässige Mathematikstudentin, die zweimal wöchentlich zur Nachhilfestunde kam und Amsels Leistungen allmählich verbesserte.

6

Als hätten die Canneborschen Tiere nur auf den Augenblick gewartet, da sich wieder eine Hausfrau für ihr Wohl und Wehe verantwortlich fühlte, wurden sie nun wie auf Verabredung krank.

Der Kater Paul, ein rabenschwarzer Geselle, verlor einen beträchtlichen Teil seiner Schwanzbehaarung. Da jedoch just die Spitze des Schwanzes von diesem Malheur unbehelligt blieb und sich so das ganze Gebilde wie ein Stiel mit Quaste darstellte, wurde der Betrachter an einen Staubwedel erinnert, von Paul mehr oder minder stolz, zumindest aber würdevoll, emporgestreckt.

„Pilz", erklärte Ule knapp und gab mir ein Fläschchen, mit dessen milchigem Inhalt ich viermal am Tag den Stiel gründlich einpinseln sollte.

Ob ich die gleiche Flüssigkeit auch für Friedas schadhaftes Haupt verwenden dürfe, fragte ich eilig, um Ules seltene Konzentration auf den eigenen Tierbestand zu nutzen.

„Aber Rößlein, Frieda hat doch keinen Pilz auf dem Kopf. Sie hat ihre Federn wahrscheinlich im Kampf verloren, du siehst es an den kleinen Narben. Erstaunlich, daß sie überhaupt mit dem Leben davongekommen ist; Tauben können untereinander schrecklich grausam sein. Laß sie doch, wie sie ist, sie beguckt sich ja nicht im Spiegel!"

Mein zaghaftes „Aber sie wird sicher ausgelacht" beantwortete er mit Gelächter und Umarmung.

Dann wandte er sich der Ratte Rita zu, die seit zwei Tagen nichts mehr gefressen hatte. „Hartleibigkeit, wahrscheinlich Verstopfung", stellte er fest und gab mir Tropfen, die ich morgens und abends unter ihr Futter mischen sollte.

Der Hund Gustav hatte eine trockene heiße Nase und blieb morgens bei der allgemeinen Futterverteilung apathisch in seinem Korb liegen. Ule diagnostizierte Halsentzündung, gab mir aber glücklicherweise nicht den Auftrag, ihn mit Salbeitee gurgeln zu lassen . . .

Gustav bekam eine Spritze. Ein zusätzliches Medikament sollte ich ihm mit Hilfe einer Pipette „möglichst unter die Zunge träufeln". Da auch die Ohren angegriffen waren, wurde mehrmals täglich Rotlicht empfohlen.

Im Aquarium bildete sich weißer Schaum, der sich nicht bilden durfte. Ule kümmerte sich auch darum. Mir fiel nur die Aufgabe zu, verstorbene Fische zu sichten und unverzüglich herauszuangeln.

Der Nymphensittich schließlich, Kurt, gebärdete sich sonderbar, was Ule mit dem Frühling in Zusammenhang brachte und einen Koller nannte. Ich lernte, daß Koller ärztlicherseits nicht behandelt werden.

Unser Graupapagei mit dem seltenen Namen „Vastehste" hielt zwar der allgemeinen Tendenz zur Bettlägerigkeit stand, fühlte sich jedoch in der Fürsorge so vernachlässigt, daß er sein übliches Gekreische noch verstärkte.

Ule, der ihn vor Jahren einem Haushaltwarenhändler abgekauft hatte, um ihn aus dem viel zu engen Käfig zu befreien, wollte ihm damals gern die Zahlen von eins bis zehn beibringen.

Aus irgendeinem geheimnisvollen Grund weigerte sich der Papagei hartnäckig, die „Zehn" in seinen Zahlenschatz aufzunehmen. Nach der „Neun" schwieg er verbissen still, rollte mit den Augen, legte den Kopf schief, kratzte im Sand, putzte umständlich sein hübsches Gefieder, indem er die Federn einzeln durch den Schnabel zog. „*Zehn,* verstehste?" schrie Ule den renitenten Schüler an und ersetzte somit durch Stimmgewalt, was ihm an pädagogischer Einflußnahme abging. Eines Tages beendete der Vogel den nervenaufreibenden Dialog und gab nach.

Warum er dennoch Sieger blieb? Weil er, um den pädagogischen Mißgriff seines Herrn ein für allemal zu manifestieren, nun die Zehnerreihe jedesmal mit einem durchdringenden „Vastehste?" abschloß.

Damit war sein Name besiegelt, aber seine Ausbildung könnte man als abgebrochen bezeichnen. Niemand nahm sich mehr die Zeit, ihm noch etwas Neues beizubringen, ihm gewissermaßen über den zweiten Bildungsweg das einzuräumen, was jedem renitenten Menschenkind vergönnt ist. Doch das nur nebenbei, es gehört der Vergangenheit an.

Viel schlimmer war jetzt, daß der Vastehste alle meine pflegerischen Bemühungen mit seinem eifersüchtigen Geschrei zu einem höllischen Spektakel verwandelte. Es half auch nichts, daß ich ihn, sooft mein Weg an ihm vorüberführte, begrüßte, anlächelte, ihm gelegentlich sogar meine Hand freundschaftlich darbot, obgleich ich mit harten Schnabelhieben zu rechnen hatte. „Eins, zwei drei . . . vastehste?"

Es klang mir noch im Treppenhaus nach, wenn meine Patienten längst versorgt waren und ich der nächsten Pflicht, dem Einkaufen, nachjagte, um die übernächste, das Kochen, wahrnehmen zu können.

Zwischendurch wurde ich in die Praxis gerufen, um eine in Panik geratene Katze einfangen und festhalten zu helfen oder einen entflogenen Vogel von der Gardinenstange zu heben, denn Christel und Andrea, Ules Assistentinnen, hatten die Röteln und hüteten das Bett.

Da ein Unglück, wie man sieht, tatsächlich selten allein kommt, bündelte sich zu dieser Zeit auch all das, was man die gesellschaftlichen Notwendigkeiten nennt. Wir wurden eingeladen, wir luden zurück, meist waren es Kollegen von Ule.

Die Gespräche der Männer kreisten um den Beruf, die der Gattinnen kreisten, mit wenigen Ausnahmen, wenn nicht um die Kinder und Enkel, so um die außergewöhnliche Bedeutung des jeweiligen Ehemannes, der etwa einen Ruf an die Universität ausgeschlagen oder einen hochinteressanten Forschungsauftrag (Ausland!) abgelehnt hatte – zugunsten der Arbeit in der Praxis, der konkreten Hilfeleistung am kranken Tier.

So schmiedeten sie unverdrossen einen Prominentenorden für ihre Ernährer, putzten ihn blank, um an seinem Glanz ein wenig teilhaben zu dürfen.

„Sieh nur zu, daß du es nicht eines Tages auch so machst", sagte meine Freundin Minka, eine Emanzipierte, als sie mich zum erstenmal besuchte.

Wir kannten uns von unserem sechsten Lebensjahr an und hatten alle Schuljahre gemeinsam durchwandert. Minka war Juristin geworden und arbeitete sehr erfolgreich als selbständige Rechtsanwältin. Frei und unabhängig, wie sie immer sein wollte, kam eine Ehe für sie nicht in Frage. Und sie hatte, obgleich sie Ule kannte und schätzte, meinen Heiratsentschluß nur schwer verstehen können.

Jetzt saß sie also bei mir, trank Tee und haderte ein wenig mit meinem Schicksal. „Wahrscheinlich wirst du genauso eine Abhängige wie alle diese berufslosen Damen, die am Monatsanfang Haushaltsgeld erbitten und am Monatsende Rechenschaft darüber ablegen müssen", sagte sie betrübt.

„Aber Minka, das ist bei Ule und mir doch ganz anders. Ich kann über unser Geld so frei verfügen wie er . . ."

„. . . mein Gott, Witta, nimm es doch nicht gar so wörtlich. Du weißt, wie ich das meine, wir haben uns oft genug darüber unterhalten. Eine Hausfrau ohne Beruf ist wie eine Fußmatte. Jeder braucht sie, niemand achtet sie, sie ist immer verfügbar, weil sie ja ‚Zeit' hat. Und weil die Fußmatte das alles genau merkt, macht sie aus ihren Familienmitgliedern Götter oder Hochbegabte, damit es wenigstens Götter oder Hochbegabte sind, von denen sie fleißig abgenutzt wird."

Ich mußte über meine streitbare Freundin lachen. „Aber es kommt doch wohl immer sehr auf die einzelne Frau an, ob sie sich als Fußmatte niederläßt."

„Den Gattinnen wird gar keine Wahl gelassen, Witta, der Dreck liegt da, die liebe Familie eilt frühmorgens aus dem Haus, also muß sich jemand der Sache erbarmen, und schon sitzt du in der Falle, in der Dreckfalle."

„Ich fühle mich aber gar nicht wie in einer Falle!" Inzwischen war ich schon etwas aufgebracht. „Liebe Minka, du willst mich auf dein Emanzipationskonzept zurechtschneidern, wie?"

„So 'n Quatsch!"

„Jawohl, zurechtschneidern willst du mich, damit deine Idee von der unzufriedenen Hausfrau stimmt."

„Wenn deine Liebe erst nachläßt, fällst du aus allen Wolken."

„Dann schreiben meine Zeitungskollegen: ‚Fußmatte fiel aus den Wolken'."

„Warte nur, du Spottdrossel, bis meine kluge Theorie dich einholt! Bis dahin wird uns gar nichts anderes übrigbleiben, als mit den Wölfen zu heulen oder genauer: mit den Ratten zu pfeifen und das Beste daraus zu machen. Übrigens: Ule ist ein netter Kerl, obwohl er ein Ehemann ist."

Um das Beste daraus zu machen, hatte ich mir ein modernes Kochbuch zugelegt, außerdem ein Buch über Haustierhaltung und eines, das die seelische Entwicklung des Menschen im Jugendalter abhandelte.

In den Abendstunden las ich auch tapfer darin, je nach dem Grad meiner Müdigkeit im einen oder andern, wobei ich mir sogar schriftliche Notizen machte. Doch mein Lerneifer ließ nach, je mehr ich feststellen mußte, daß die Praxis am Tage gegenüber der abendlichen Theorie ihr Eigenleben führte.

Zum meisterlichen Kochen fehlte mir jedesmal wenigstens *eine* der Zutaten. Auch aß die Familie ungern Fleisch, wodurch die Anzahl der Möglichkeiten kläglich zusammenschrumpfte. (Die besten Ratschläge, ich sage es hinter vorgehaltener Hand, holte ich mir aus den Küchentips meiner Zeitung.)

Was die Haustiere betraf, so reagierten sie grundsätzlich anders, als das Buch es vorsah: und als Patienten schon überhaupt.

Auch meine psychologischen Kenntnisse wurden von Amsel nicht bestätigt. Sie verhielt sich mir gegenüber weder aufsässig noch abweisend, und auch den Hang zur altersbedingten Rudelbildung konnte ich bei ihr nicht feststellen. Und ich war so gut darauf vorbereitet!

Sie übte viel, plagte mich mit Physik und Chemie (und darauf war ich gar nicht vorbereitet), kümmerte sich um die Tiere.

Die Wochen vergingen wie im Flug, und unversehens war es Sommer geworden.

Daß Amsel ihrem Vater gelegentlich im Tierheim assistierte, bedeutete eine kontinuierliche Erweiterung unseres Privatzoos. Zuletzt brachte sie, „weil die so besonders traurig guckten", zwei flügellahme Spatzen und einen hochbetagten blinden Dackel mit Namen Friedhelm nach Hause.

Ich glaube, Ule kam diese Vergrößerung unseres Hausstandes zupaß, denn er schmiedete seit geraumer Zeit an einem finsteren Plan. Mir jedenfalls erschien er finster, weil Ule es kunstvoll vermied, ihn ans Tageslicht zu befördern und einem erhellenden Gespräch preiszugeben. Was ich aus seinen Andeutungen verstand – und angstvoll überhörte –, klang wie „Umzug", „Haus", „Garten", „Landleben". Manchmal tauchte in diesem Zusammenhang auch das Wort „Pferd" auf ...

Mir wurde jedesmal heiß, wenn diese Worte im Murmelton durch den Raum geisterten und sich hartnäckig in mir einzunisten trachteten. Als sie es eines Nachts geschafft hatten und mir den Schlaf raubten, packte ich den Stier bei den Hörnern und tat feierlich meine Meinung kund.

„Deinen Umzugsplan kannst du vergessen, lieber Ulrich. Die Ehe darf ja nicht bedeuten, daß sich der eine Partner dem andern bedingungslos unterordnet. Ich ersticke fast in Arbeit, die Buchhaltung hast du mir auch noch aufgehalst, und Amsel schleppt das halbe Tierheim heran . . ."

„. . . Was ist los, Rößlein?" fragte er mich verschlafen, „was hast du gesagt?"

Es kam mir lächerlich vor, meine zornigen Worte noch einmal zu wiederholen. Deshalb sagte ich nur: „Ein neues Haus kommt gar nicht in Frage."

Ule richtete sich auf und schien höchst erfreut. „Genau das meine ich auch, Rößlein, kein neues Haus, sondern ein möglichst altes mit Erkern und gemütlichen Winkeln und vielleicht ein paar Stallungen unten . . ."

„Ulrich!" Es muß wie ein Entsetzensschrei geklungen haben, denn Ule milderte seine Rede sofort ab. „Also *ein* Stall würde schon genügen, oder vielleicht brauchen wir auch gar keinen, weil man auf dem Land das Pferd wahrscheinlich bei Bauern unterbringen kann. Ein eigenes Pferd! Ach Rößlein, das wäre wirklich ein Traum."

„Ihr habt ja mich als Roß", bemerkte ich patzig, „und wenn Amsel dann traurige Kühe und Schafe, Ziegen, Enten, Hühner und Gänse auf dem Land entdeckt, wird sie auch die noch heranschleppen. Ihr wißt, daß ihr mit mir rechnen könnt, wenn Not gelindert werden soll, aber als Bäuerin bin ich nicht ausgebildet!"

„Nein, nein, Rößlein, wir werden das schon in Grenzen halten, ich will schließlich auch noch was von dir haben."

Dann läutete das Telefon und setzte unserem Gespräch ein Ende. Ule wurde zu einem sterbenskranken Hund gerufen, der unter Krämpfen litt und schnell eingeschläfert werden mußte.

Während er sich ankleidete, betrachtete ich mir sein Gesicht, das kluge, energische Gesicht mit den freundlichen Augen, die ohne Brille immer etwas unsicher blickten. Er putzte die Brillengläser geschwind mit einem Stückchen Vorhang, fuhr sich mit der Hand durch die widerspenstigen Haare und bat mich beim Abschied, für ihn mitzuschlafen, da er ziemlich müde sei. Mein Wecker zeigte zwei Uhr. Kurz darauf hörte ich draußen auf der Straße seinen raschen Schritt, die Autotür schlug zu, und der Wagen brauste davon.

Ich lauschte ihm angestrengt nach, bis die ruhige Nacht den Motorenklang endgültig verschluckt hatte.

Und schon begann ich Ule zu vermissen.

Solche Nächte wird es oft für mich geben, dachte ich, und im Grunde ist es ganz einerlei, ob ich sie in der Stadt oder auf dem Land verbringe. Wegen des Nachtdienstes wird er sich ohnehin nicht allzu weit absetzen können. Er wird die Praxis in der Stadt behalten und abends seinen Garten genießen, auf der Bank vor dem Haus, Hand in Hand mit mir ...

Sonnenuntergang – Kühe auf dem Heimweg – Glokkengeläut – Alpenglühen – Wo nehme ich die Alpen her?

Über dieser schwierigen Frage schlief ich ein.

7

Wenige Tage nach dieser inhaltsschweren Nacht und nachdem ich Ule offiziell meine Zustimmung zum großen Plan gegeben hatte, legte er mir fünf Zeitungen mit unzähligen Immobilienanzeigen vor.

„Bitt' schön, Rößlein", sagte er hoffnungsfroh, ehe er den weißen Kittel überzog, „such uns ein schönes Haus auf dem Land, du weißt schon."

Obgleich Ule niemals bewußt psychologisch vorging, war ihm in diesem Zusammenhang ein psychologischer Kunstgriff gelungen. Denn indem er mich mit der schwierigen Aufgabe des Suchens betrauen mußte (er selbst hätte beim besten Willen keine Zeit dafür gehabt), blieb mir gar keine andere Möglichkeit als die der Aktivität und schließlich des inneren Engagements. Ich wollte ein Haus finden, mit Nischen und Erkern, mit Dachgauben und Ställen, mit einem Teich und schwimmenden Seerosen ...

Amsel, deren große Ferien begonnen hatten, stand mir als überaus eifrige Assistentin zur Seite, löste mich beim Lesen der vielen kleinen Anzeigen ab, wenn mir die Augen brannten und der Kopf rauchte. Wir lasen, beratschlagten, notierten, zweifelten und grübelten, begeisterten uns, legten Ordner an und telefonierten.

Ich habe noch nicht erzählt, daß ich aus der Junggesellenzeit ein eigenes kleines Auto besaß. Da ich aber den Weg von meiner früheren Wohnung zum Verlagshaus zu

Fuß machen konnte, fristete es ein recht nutzloses Dasein am Rande der Straße. Damit war es nun vorbei. Abend für Abend wurde es eingespannt, um Amsel und mich an die Orte zu befördern, die wir fachmännisch als „interessante Projekte" bezeichneten.

Interessant fanden wir alles, was in der Anzeige ländlich, alt und romantisch klang. Standen wir dann davor, so blätterten unsere Illusionen ab wie der Putz von den Projekten. Windschiefe Häuslein an dörflichen Verkehrsknotenpunkten, wo Bundesstraßen sich kreuzten („man gewöhnt sich an den Lärm", tröstete uns eine Besitzerin), dunkle Kammern mit winzigen Fenstern, eingefangener und abgekühlter Mief von vielen Generationen, knarrende Holztreppchen, Hinterhof mit Schuppen und angebautem Hühnerstall. Einziges Grün: Löwenzahn zwischen Katzenkopfpflaster. „Es kommt für uns aus Platzgründen wahrscheinlich nicht in Frage", sagte ich zu den enttäuscht dreinblickenden Besitzern, während Amsel mich eilig hinauszog, fürchtend, ich könnte den Verstand verlieren und mich für das Projekt erwärmen.

Dies blieb, mit geringfügigen Variationen, in den nächsten Wochen unser Grunderlebnis. Amsels Besorgnis um meine Vernunft nahm an Berechtigung zu, denn ich wurde allmählich müde und gleichgültig. In dieser Verfassung macht man Fehler und findet schließlich alles „irgendwie brauchbar", um nur endlich einen Schlußstrich ziehen zu können.

Zu einer solchen Gefahr wäre uns fast ein Haus geworden, das wegen seiner verkehrsgünstigen Lage immer noch ernsthaft angepriesen werden konnte. Wenn ich heute daran denke, daß wir diese Möglichkeit in Erwägung zogen, überkommt mich ein angenehmes

Gruseln, und ich fühle mich wie ein Kind, das etwas über die böse Hexe liest und gleichzeitig weiß, daß es sie nicht gibt.

Das Gebäude war übriggeblieben aus grauer Vorzeit. Wie ein einsamer Zahn stand es da, hoch aufgeschossen, schief. Unter sprödem Verputz lugte hier und da Fachwerk hervor und ließ hübschere Zeiten ahnen.

So was Romantisches hätte man heute doch gern, meinte der Besitzer, der uns eine niedrige Tür aufschloß. Amsel und ich traten ein und standen damit auf der ersten Stufe einer Stiege. Doch als sich das Haustürchen mit einem schleifenden Knarzton hinter uns geschlossen hatte, ergab sich die Möglichkeit, von der ersten Stufe wieder hinab und direkt in die Küche zu gelangen. Es muß die Küche gewesen sein, denn überall hingen elektrische Drähte aus den Wänden, und außerdem waren die verwirrend bunten Tapeten mit verhärteten Soßen- und Suppenresten verziert.

Für alte Herrschaften könne man ein Treppengeländer einhängen, bemerkte der Mann und erklomm uns voran die Stiege. Die sonderbaren Eindrücke erweckten eine Art Pioniergeist in uns, der uns leichtfüßig über die hohen Stufen in den ersten Stock springen ließ. Da es überall sehr kalt war, tat sportliche Betätigung ohnehin gut.

Im Zimmer des ersten Stockes klemmten die Fensterläden, so daß es dunkel blieb. Das machte aber nichts, denn verlaufen konnte man sich nicht; der einzige zwingende Weg führte wieder eine Stiege hoch. Außerdem, so erklärte der Mann, habe man von hier aus ohnehin noch keine Sicht, da die Hauswand des Nachbarn dies verhindere.

Wer jetzt schon eine Ahnung hat von der Struktur des

Hauses, das sich von Zimmerchen zu Zimmerchen in die Höhe schraubte, wird uns leicht folgen können bis in den vierten und letzten Stock, der nun zwar nicht mehr ausgebaut war, jedoch durch die beträchtlichen Lücken im Schieferdach einen Rundblick über die Häuser der Nachbarn bot. Dies könne man sich zu einem originellen Wohn- und Eßzimmer, oder auch Allzweckraum, ausbauen, schwärmte der Hausführer, und mir schwindelte bei dem Gedanken an meine Essenstransporte über die Stiegen hin und zurück und wie sehr sich bei einem in der Küche vergessenen Essensgerät das Sprichwort „Was man nicht im Kopf hat, muß man in den Beinen haben" bewahrheiten würde . . .

„Ein Aufzug hätte nur an der Außenwand Platz", meinte Amsel, „wenn die Wand das verkraftet."

Der Führer schwieg verächtlich, denn er hatte noch etwas Unglaubliches in Reserve: Toilette und Bad. Diese Eröffnung verschlug uns nun tatsächlich die Sprache. Gespannt folgten wir ihm, auf der Suche nach den Räumlichkeiten, die es nach menschlichem Ermessen hier nicht geben konnte. Doch menschliches Ermessen täuscht, wenn raffinierte Architektur im Spiel ist! Die Toilette (früher wohl auf dem Hof) stand in einem Wandschrank, da, wo die Stiege vom ersten zum zweiten Stock ihren Knick hatte. Die Lage des Örtchens in der Mitte des Hauses sei sehr sorgsam durchdacht, erklärte der Führer, denn nur so werde niemand bevorzugt oder benachteiligt, weder der Herr im Studierzimmer oben noch die Dame in der Küche unten. Nur die Kinder in der Mitte seien am nächsten, und die hätten es ja auch immer eilig. Spaß muß sein. Und nun erst das Bad! Wir hatten bisher nicht bemerkt, daß sich im ersten Stock, wo Dunkelheit herrschte, eine gläserne Schiebetür befand, die das ohnehin kleine Zimmer noch einmal unterteilte.

„Ein Bad mit durchsichtiger Schiebetür?" fragte ich ungläubig.

„Die Tür ist sehr modern", erwiderte der Mann, und damit war für ihn die Sache erledigt, und wir brauchten jetzt nur noch zu entscheiden.

Für uns war die Sache nicht so schnell erledigt, denn zu dem Haus gehörten einige brauchbare Ställe, und wir durften ja Ules Pferd nicht vergessen!

„Wir könnten das Haus kaufen und es dann sorgfältig renovieren lassen", sagte ich abends zu Ule, nachdem ich ihm alles geschildert hatte. Also fuhren wir noch einmal gemeinsam hin, und er fand in der Tat Gefallen an den Ställen. Doch hatte er, im Gegensatz zu uns, die wir uns schon einem Suchkoller nahe fühlten, noch genügend Übersicht und Weitblick, um das „Projekt" richtig einzuschätzen.

Ule empfahl uns dringend eine Suchpause, die anzutreten wir keine Sekunde zögerten.

Was uns aber noch viel glücklicher machte, war die Aussicht auf einen kurzen gemeinsamen Urlaub. Ule hatte einen Vertreter gefunden, für zehn Tage im August.

„Wir müssen unbedingt nach Wien fahren, Wien ist die schönste Stadt der Welt!" schwärmte die musikbegeisterte Amsel.

Da wir ohnehin daran gedacht hatten, uns an einem der österreichischen Seen zu erholen, wurde ein langes Wochenende in Wien mit auf das Programm genommen. Canis erbot sich, während dieser Zeit nach Hause zu kommen und die Tiere zu versorgen, so daß unserer Vorfreude nun nichts mehr im Wege stand.

Bis zur Abreise mußte noch viel erledigt werden. Durch die umfangreiche Suchaktion war der Haushalt schwer vernachlässigt worden, und das galt es jetzt im Eiltempo aufzuholen. Wir hatten nur noch wenige Tage Zeit.

Über der Stadt brütete die Sommerhitze. Die Luft flimmerte, und der Teer auf den Straßen wurde weich. Um so mehr lechzten wir nach unserem See, nach einem kühlen Bad und riesengroßen Fruchteisbechern ...

Plötzlich wurde Frieda krank.

Zusammengekauert hockte sie auf dem Boden des Balkons, als ich sie abends hereinholen wollte. Vorsichtig hob ich sie auf und trug sie in ihr Bücherregal, wo sie still und teilnahmslos sitzen blieb. Wenn ich sie ansprach und über ihr kahles Köpfchen streichelte, rollte sie melancholisch mit den Augen und klappte den Schnabel auf und zu. Im Laufe des Abends begann sie wie in Krämpfen zu zittern.

Ule untersuchte sie sorgfältig. „Sie wird sich vergiftet haben. Wahrscheinlich hat sie von den Giftkörnern gefressen, mit denen man einen Teil der Tauben auszurotten versucht."

Frieda wehrte sich nicht, als er ihr eine Spritze gab, und ließ alles mit der rührenden Geduld über sich ergehen, die man bei Tieren so oft erlebt.

Amsel war empört. „Ich möchte mal wissen, was die Herren Stadtverwalter dazu sagen würden, wenn man ihnen vergiftete Suppen vorsetzte!"

„Die würden vermutlich gar nichts mehr sagen." Traurig streichelte ich meine Taube, die zitternd zwischen ihren Büchern hockte. „Solange ihr nach dem Gesetz immer noch als Sache geltet, arme Frieda, wird's euch dreckig gehen auf unserer Welt."

Amsel und ich hielten in dieser Nacht abwechselnd Wache. Am frühen Morgen besserte sich Friedas Zustand sichtlich. Zwar mochte sie noch immer nichts fressen, doch putzte sie schon zaghaft ihr Gefieder und gurrte leise zur Begrüßung, wenn man das Zimmer betrat. Unser Urlaub war nun nicht mehr bedroht; wir atmeten auf.

Zwei Tage vor der geplanten Abreise wurde Ules Vertreter krank und sagte seinen Feriendienst telefonisch ab. Als Ule uns Bescheid gab, ruhig und gelassen wie einer, zu dessen Leben solche Enttäuschungen gehören, brach Amsel in Tränen aus.

„So ist es jedesmal, Roß", schluchzte sie, „für uns gibt es einfach keine schönen Ferien! Nächstes Jahr trampe ich mit der Susi nach Paris oder sonstwohin, und dann kann sich der Ule seinen Urlaub an den Hut stecken!"

„Nun schimpf nicht so, Ule kann doch wirklich nichts dafür. Er wäre weiß Gott gern gefahren, erholungsreif, wie er ist."

„Warum tut er's dann nicht, dein lieber Mann?"

„Weil die Praxis besetzt sein muß, darum."

Finster schaute sie zu Boden. „Die blöden Viecher sind ihm wichtiger als ich. Dann fahren wir eben allein nach Wien!"

„Hör mal, du glaubst dir das doch selber nicht, was du da sagst. Nach Österreich fahren und Ule hier allein zurücklassen; könntest du dich dabei wohlfühlen?"

„Und wie."

„Also ich könnte es nicht, und du auch nicht. Außerdem freut sich der Canis, daß er nun nicht herzukommen braucht."

„Warum hat er's dann erst angeboten, der Knallkopp?"

„Aus Freundlichkeit. Jetzt komm, Wien läuft uns doch nicht davon! Wir machen uns eben zu Hause schöne Tage mit Wanderungen und Schwimmbad und Eis essen ..."

„... und wurmstichiges Haus suchen, mit verknorzten Bäumen und einem verschimmelten Ententeich."

„Unsinn, wir haben schließlich Suchpause. Aber wir könnten zum Beispiel endlich mal deinen neuen Geigenbogen kaufen."

„Ein Geigenbogen ist nicht Wien."

„Aber eine Vorstufe dazu."

Amsel mußte lachen. „Wenn du so weiterredest, bin ich am Ende noch dankbar, daß wir hierbleiben dürfen, wir Glücklichen, und finde Schallplattenmusik mit Straßenlärm interessanter als ein richtiges Konzert in Wien. Rößlein?"

„Ja?"

„Du hast doch sicher gemerkt, daß mein Satz mit den ‚blöden Viechern' nur Spaß war?"

„Natürlich."

Nun galt es nur noch Ule davon zu überzeugen, daß es besser sei, bei ihm zu bleiben. Überzeugen ließ er sich nicht, aber froh war er doch.

8

Und weiter drehte sich die Arbeitsmühle. Die Tiere, der Haushalt, Buchhaltung, Aushilfsdienste in der Praxis, mühsam gestohlene Stunden für Amsel in überfüllten Schwimmbädern und wärmlichen Eisdielen, in denen es nach Schweiß roch.

Und über allem eine verschwenderisch heiße Sommersonne am strahlend blauen Himmel –

Ich war niedergeschlagen. Und ich verspürte eines Tages, während ich gerade unserer Katze Sieglinde mit Hilfe eines Wattestäbchens die Milben aus den Ohren schabte, den dringenden Wunsch, wieder einmal meine Mutter zu besuchen. Kurz entschlossen unterbrach ich meine Tätigkeit, was Sieglinde nur recht war, und sagte mich für den kommenden Abend bei ihr an.

Wie in früheren Zeiten saßen wir uns gegenüber. Zwischen uns auf dem niedrigen Tischchen machte sich ein üppiger bunter Blumenstrauß breit; seine Stiele drängten sich im schmalen Hals der blaugrauen Steingutvase zusammen. Mehrere Generationen von Tee- und Kaffeeservicen hatte diese Vase überlebt, dabei ist Steingut so zerbrechlich . . .

Auch dem zierlichen Sekretär in der Ecke, hochpoliert, mit heruntergeklappter Schreibplatte, hatten all die Jahre, in denen er sein stummes Dasein zubrachte, offenbar nichts anhaben können. Seine vielen Schublädchen (die oberste rechts hing seit eh und je schief) bewahrten brav den ihnen anvertrauten Krimskrams auf, in ihrem stets verklemmten Mechanismus nicht ohne einen Hauch von Geheimniskrämerei. Nur das Geheimfach selbst (Mitte unten) ließ sich mühelos öffnen und wurde somit für lange Zeit zum Mittelpunkt familiären Durcheinanders, bis es seinem Namen wieder voll entsprach, denn eines Tages widersetzte sich sein vielgestaltiger Inhalt auch den energischsten Vor- und Rückwärtsbewegungen, und fortan blieb alles im Dunkeln.

„Weißt du eigentlich mittlerweile, was sich im Geheimfach so alles versteckt hält, Mutter?"

„Sowenig wie du", lachte sie.

Durch die weit geöffnete Balkontür drang das scheppernde Dröhnen eines Flugzeuges, verschluckte für einen Augenblick unsere Stimmen, zog sich wieder zurück zu einem dunklen Grollen.

„Soll ich dir was sagen, Mütterchen? Ich finde, unsere Kinderzeit war schön, manchmal sehne ich mich danach."

Etwas betroffen schaute sie mich an, nippte an ihrem Glas mit Johannisbeersaft, ordnete irgendwas an den Blumen, was nicht zu ordnen war. „Ich glaube eher, du sehnst dich nach deiner Junggesellenzeit?"

„Wie kommst du denn bloß *darauf*?"

„Weil der Übergang in dein neues Leben zu kraß war, deshalb. Bist ja sofort in einen großen Haushalt hineingestolpert, mit Kindern und Tieren, ganz zu schweigen von deinem Tierbändiger. Bei andern Frauen baut sich so was über Jahre hin auf, sie haben Zeit, sich zu gewöhnen. Jetzt läßt halt die erste Begeisterung ein bißchen nach . . ."

„. . . stimmt nicht. Für Ule nähme ich alle Strapazen in Kauf, auch heute noch!"

„Dann ist ja alles gut."

„Eben nicht."

„Also – wo drückt der Schuh?"

„Nicht der Schuh drückt, sondern die fortwährende Verantwortung. Ganz gleich, ob ich mich gut fühle oder schlecht, die Familie fragt: Was gibt es heute zu essen? Hast du schon meinen linken Turnschuh gefunden? Wo ist denn der Salat für die Schildkröte? Hat die Ratte noch Depressionen?"

„So geht's doch allen, Witta, und die ganze Emanzipationsbewegung regt sich über diese sogenannten Ungerechtigkeiten auf. Wenn du mich fragst, ich finde die Verteilung der Arbeitslasten gar nicht so ungerecht."

„Wer spricht von ungerecht?"

„Ich hatte so den Eindruck, als wolltest du . . ."

„. . . mich über Ule beklagen? Wo denkst du hin? Ich gönne es ihm von Herzen, daß wenigstens *er* sich seinen Fähigkeiten entsprechend verbrauchen darf, wirklich von Herzen! Das nennt man ja wohl Selbstverwirklichung – was die Männer betrifft."

„Hm – ein großes Wort, auch ein anmaßendes und ein egozentrisches und ein . . . ach, ich würde es so gern mal von seinem Ballast befreien. Doch dann wäre ich morgen früh noch nicht fertig, und von dem Wort bliebe vielleicht auch nicht mehr viel übrig. Du solltest die Dinge relativ sehen. Es ist doch schon von unschätzbarem Wert, daß du für deine neue Familie nicht zu einer, wie soll ich sagen, zu einer Katastrophe geworden bist . . ."

„. . . aber Mutter!" Obgleich ich empört war, mußte ich lachen.

„Vergiß nicht", fuhr sie eifrig (und mutig geworden) fort, „daß du noch als neunzehnjähriges Mädchen den anbrennenden Grießbrei mit einer Gabel umrühren wolltest!"

„Ich war erst achtzehn, und soviel ich weiß, handelte es sich um eine Gabel mit verbogenen Zinken."

„Beides hat nicht verhindern können, daß der Boden des Topfes markante Kratzer davontrug und der Brei gräßlich anbrannte. Wie regelst du eigentlich dieses Problem jetzt am eigenen Herd?"

„Natürlich mit dem Zeigefinger. Als gute Hausfrau und Tierwärterin bin ich ja inzwischen durch Schwielen und Hornhäute hinreichend geschützt. Und wenn wir erst weit draußen auf dem Land wohnen, stehen mir sicher auch noch Mistgabeln zur Verfügung."

Meine Mutter lachte vergnügt, während ich, erschrokken über meinen eigenen Scherz, nur ein hysterisches Gekichere zustande brachte.

„Mach dir mal keine Sorgen", beschwichtigte sie mich schließlich, „Ule kann doch gar nicht allzu weit aufs dicke Land hinausziehen, schließlich muß er Tag und Nacht für seine Praxis erreichbar sein."

Obwohl ich mir diesen Satz schon selbst vorgesagt hatte, bewahrte ich ihn auf wie ein Amulett, das man immer wieder anschaut, das man dreht und wendet und ein wenig auch beschwört, es möge bitte seine Kraft bewahren . . .

Einigermaßen getröstet fuhr ich an diesem Abend nach Hause. In der Wohnung brannte noch Licht. Ule und Amsel lagen ächzend auf dem Fußboden des Wohnzimmers und leuchteten mit Taschenlampen unter sämtliche Möbelstücke, denn die Schildkröte Erna wurde vermißt.

Kameradschaftlich legte ich mich dazu, suchte und ächzte mit.

Als wir, immer in der gleichen Lage, alle Zimmer erfolglos durchstöbert hatten, schlichen wir erschöpft in die Küche, um etwas zu trinken. Dort fanden wir Erna in einem dunklen Eckchen zwischen Kühlschrank und Spülmaschine. Ohne sich stören zu lassen, mampfte sie an einem Salatblatt, und ihre Äuglein glänzten schadenfroh.

Allmählich ließ die große Sommerhitze nach, die Abende wurden kühler.

Am letzten Tag vor der freiwilligen Beendigung unserer Suchpause packte ich in aller Eile ein Wäschepaket für Canis zusammen. Da ich auch Lebensmittel hineinlegte, die zum Teil verderblich waren, rief ich bei ihm an. „Ach *du* bist's, Rößlein", meldete er sich mit verschlafener Stimme. „Wieso rufst du zu nächtlichen Zeiten an?"

„Weil es zehn Uhr vormittags ist und du alter Faulpelz endlich aus den Federn kriechen solltest!"

„Bin leider spät erst ins Bett gekommen, vastehste?"

„Weil du so unermüdlich an deiner Arbeit geschrieben hast?"

„Nee – das gerade nicht. Ich war mit einer Tussy aus meinem Semester in unsrer Studentenkneipe, beim Pinkus, wenn dir das ein Begriff ist. Und da wird man leicht seßhaft, sozusagen."

„Dann war also die Tussy nett?"

„Ein bißchen spröde."

„Aha."

„Was heißt ‚aha'?"

„Das heißt: Ich bin mir nicht ganz im klaren darüber, was ihr heutzutage als ‚spröde' bezeichnet."

„Leicht zu erklären. Sie spricht kaum ein Wort."

„Das haben wir früher ‚langweilig' genannt."

„Also hör mal, Rößlein, zwischen langweiligen und spröden Mädchen ist aber ein gewaltiger Unterschied!"

„Welcher?"

„Die Spröden können einen gewissen verführerischen Charme haben, die Langweiligen können allenfalls lieb sein."

„Lieb sein ist doch etwas sehr Schönes!"

„Mag sein, für die Ehe. Aber damit will ich gern noch ein Weilchen warten."

„Das beruhigt mich. Übrigens schicke ich heute dein Wäschepaket ab. Ich habe ein Paar neue Socken gekauft. Du hattest ja zwei graue vollkommen mit Öl verschmiert."

„Die brauchte unterwegs ein Kumpel zum Putzen seiner Zündkerzen."

„Und dazu nehmt ihr teure Socken, ihr verwöhnten Bälger?"

„Die ziehen wir doch trotzdem wieder an."

„Konnte denn der Kumpel nicht seine eigenen Socken nehmen?"

„Nein, die eigenen hatte er einer Tussy als Topflappen geliehen. Die hat für uns alle Fondue gekocht."

„Ach du meine Güte! Na ja, wenn er große Füße hat, besteht wenigstens keine Gefahr, daß sie sich die Finger verbrennt. Aber nun weiter zum Paket. Es sind auch Lebensmittel drin. Nimm sie gleich heraus, damit sie nicht verderben."

„Vielen Dank, Rößlein. Und könntest du bitte bei der Haussuche darauf achten, daß es eine Dunkelkammer für mich gibt? Vielleicht auch einen kleinen Nebenraum mit Waschbecken?"

„O Canis ... *du* willst also ein Photolabor mit Waschbecken, *Amsel* will ein Musikstudio mit Polstertür und schallschluckenden Wänden, *Ule* will einen Pferdestall mit moderner Futterraufe ..."

Canis lachte laut. „Jawohl, und für *dich* ein Türmchen mit Rundblick, damit du das Anwesen überschauen und die Kuhherden im Auge behalten kannst, am besten mit Feldstecher."

Es klingelte an der Wohnungstür.

„Es klingelt, frecher Hund, ich muß Schluß machen. Bis zum nächsten Mal, und bleib gesund und vergnügt!"

„Tschüs, winziges Roß, und denk an meine Dunkelkammer, sonst lauft ihr Gefahr, auf meine Anwesenheit in Unterquabbelbach verzichten zu müssen!"

Ich sauste zur Tür. Es war der Eiermann, der uns regelmäßig „Eier von glücklichen Hühnern" brachte. Amsel hatte mich gelehrt, daß man die Eier der gequälten Batteriehennen nicht essen könne, und so freuten wir uns, in Herrn Löffel – so hieß er wirklich – einen zuverlässigen Glückslieferanten gefunden zu haben.

„Guten Morgen, Frau Cannebor, diese Woche haben sich meine Hühner für Sie besonders angestrengt."

Das sagte er jedesmal, nahm ein braunes Ei aus der Schachtel und betrachtete es mit dem stolzen Gesichtsausdruck eines Juweliers, der einen Diamanten in der Hand hält. Ich lobte ihn fleißig, worauf er sich nach meinem Ergehen erkundigte. Bis hierher handelte es sich um ein festgelegtes wöchentliches Ritual, das dann meist in ein freundlich-belangloses Schwätzchen überging.

Heute jedoch nahm unser Dialog einen ganz unerwartet dramatischen Verlauf. Auf seine Frage nach meinem Ergehen antwortete ich, ohne zu ahnen, daß ich damit unserem Lebensschifflein einen gewaltigen Stoß in die neue Richtung gab: „Danke, es geht mir gut, aber es ginge mir besser, wenn wir endlich ein Haus fänden!"

„Sie suchen ein Haus?"

„Ja. Ein altes Haus auf dem Land, mit Garten."

„Das können Sie haben."

„Was kann ich haben?"

„Das alte Haus mit Garten."

„Sie machen wohl einen Witz?"

„Aber nein, ich meine es ernst. Ich suche einen Käufer für mein Haus in Hinterecken."

„Wo liegt denn Hinterecken?" fragte ich vorsichtig. Ich hatte plötzlich einen Frosch im Hals, außerdem flimmerte es mir vor den Augen, und ich mußte mich setzen.

„Etwa fünfzehn Kilometer südlich von Frankfurt. Ein großes Haus mit zweitausend Quadratmetern Garten."

„Ja – aber – warum verkaufen Sie es denn?"

„Weil ich mit meiner Frau in eine Eigentumswohnung ziehen will. Wissen Sie, die Kinder sind verheiratet und leben nicht mehr bei uns. Die Bewirtschaftung von Haus und Garten wird uns beiden allmählich zuviel. Man wird eben nicht jünger, Frau Cannebor."

„Da haben Sie allerdings recht, Herr Löffel, und wenn ich mir vorstelle . . ."

„. . . übrigens, die Hühner, wenn Sie wollen, würde ich Ihnen mitverkaufen, und noch so etwas Viehzeug."

„Wenn Sie meinen . . ."

„Schauen Sie es sich doch einfach mal an, ganz unverbindlich."

„Aber klar, Herr Löffel". Und zaghaft: „Wie viele Räume hat es denn?"

„Acht Zimmer, zwei Dachkämmerchen, eine große Diele, ein solides Treppenhaus, ausgebauten Keller. Ich muß dazu sagen, meine Frau hat es seinerzeit geerbt. Es wurde so um die Jahrhundertwende gebaut, war früher ein Forsthaus."

Für mich gab es, allen inneren Widerständen zum Trotz, keinen Zweifel mehr: Hinterecken würde unsere neue Heimat werden.

9

Am Abend fuhren wir hin, Ule, Amsel und ich – nach Hinterecken Nr. 8, so lautete die vollständige Adresse. Das Dörfchen lag inmitten einer leicht welligen Wiesenlandschaft und bestand aus etwa fünfzehn alten Häusern und einigen neuen, rundherum verstreuten Wochenendhäuschen. Haus Nr. 8 war nicht sofort zu entdecken. Ein verwilderter, parkähnlicher Garten – es mußte „unser" Garten sein, denn er schloß an ein Fachwerkhaus mit der Nummer 6 an – hielt es vollkommen versteckt. Wir stellten unseren Wagen auf der schmalen Straße ab und öffneten ein hohes, verrostetes Eisentor. (Das Quietschen dieses Tores sollte zu den vertrautesten Geräuschen meines Lebens werden!)

Wir gingen einen ungepflasterten Weg entlang, eingerahmt von Linden und Kastanien, bis wir rechts einen Entenweiher entdeckten. Amsel lief hin, magisch angezogen von der Vorstellung, daß dort Enten schlafen könnten, mit verdrehtem Hals, den breiten Schnabel warm im Gefieder. „Mein Gott, ist das nett!" rief sie herüber, während ich, die Enten absichtlich verdrängend, zielstrebig auf das Haus zusteuerte, das inzwischen hinter einer Tannengruppe aufgetaucht war: ein hellgraues Haus, quadratisch gebaut und relativ hoch, mit einem kleinen vorgebauten Erker im ersten Stock und grünen Fensterläden zum Auf- und Zuklappen.

„Rößlein, mich laust der Affe!"

„Bitte nicht auch noch einen Affen!" stöhnte ich und folgte Ules Blick. Dabei entdeckte ich im Parterre des Hauses, zu ebener Erde, eine massive, mit wuchtigem Riegel verschlossene Holztür, rechts und links von je drei kleinen Fensterchen flankiert. Da half nun kein Verdrängen mehr: Wir hatten es mit einem Stall zu tun!

Ule schaute so glücklich drein, daß ich mir in aller Eile vornahm, mein Herz über die Hürde zu werfen, mutig hinterherzuspringen und mich mit meiner Familie nach Kräften zu freuen. Schließlich: Das Pferd würde ja von Amsel versorgt werden, und Hühner, Enten und Gänse versorgten sich zum Teil gewiß selbst. So sprach ich mir streng zu.

Mittlerweile waren Herr und Frau Löffel gekommen, und es gab eine fröhliche Begrüßung. Frau Löffel, korpulent und überaus herzlich, trug eine frisch gestärkte weiße Schürze mit exakten Bügelfalten. Ich stellte mir diese Frau sogleich als Brotbäckerin vor, wie sie die Schöpfkelle in die Mehlkiste eintauchte, mit kräftigen Händen den Sauerteig knetete und dann den Brotlaib in den Backofen schob . . .

„Kommen Sie doch herein", schlug sie vor und ging uns allen voran dem Eingang zu. Dieser lag, von uns aus gesehen, auf der linken Seite des Hauses im ersten Stock, eine verwitterte Steintreppe führte hinauf. Hier und da kämpften sich zwischen den Stufen Grashälmchen hervor. Über der dunkelbraunen Tür hing ein riesiges Hirschgeweih.

„Das muß da weg", raunte mir Amsel zu, „ich mag nicht dauernd an totgeschossene Tiere erinnert werden."

„Bist du denn schon sicher, daß wir dieses Haus kaufen?"

„Ja bist du es denn nicht?" fragte sie ganz laut vor Schreck.

„Doch doch, Amselchen. Es ist ja – eigentlich – genau das, woran wir immer gedacht hatten."

Wir gingen durch eine äußerst gemütlich anmutende Diele auf knarrendem Holzboden in das große Erkerzimmer.

„In diesem Erker werden wir unseren Tee trinken", schwärmte Ule.

„Werde *ich* meinen Tee trinken", verbesserte ich ihn mit einem lachenden und einem weinenden Auge, denn mein guter Vorsatz mit dem Herz und der Hürde steckte ja noch sehr in den Kinderschuhen und war somit recht schwach.

„Keine Sorge, Rößlein, ich werde viel bei euch hier draußen sein, das kannst du mir glauben." Er legte seine Hand zum Schwur aufs Herz und strahlte mich an.

„Vorsicht, Ule, daß sich nicht schon gleich im neuen Haus die Balken biegen!"

Ängstlich zog er den Kopf ein und bedeckte ihn schützend mit beiden Händen. Frau Löffel beendete unseren Dialog.

„Ich sollte Ihnen jetzt die Küche zeigen, Frau Cannebor. Die ist ja sozusagen unser Reich, da haben die Männer nichts zu suchen." (Wenn Minka das gehört hätte!) Sie führte mich in eine geräumige, blitzblank gescheuerte Wohnküche. „Die Bauernecke lassen wir Ihnen natürlich drin, die ist nach Maß eingebaut", sagte sie etwas wehmütig und streichelte ihre Möbel zärtlich mit den Blicken.

„Das sind wunderschöne Bauernmöbel, Frau Löffel, wir werden sie bestimmt in Ehren halten und gut behandeln!"

„Das glaube ich Ihnen aufs Wort. Aber merkwürdig ist

es doch, wie schwer man sich von seinem Inventar trennt."

Sie öffnete eine Tür, von der aus eine schmale Holzstiege entlang der Hauswand in den Garten hinabführte. Durch unser plötzliches Erscheinen erschreckten wir vier rotbraune Hühner, die oben vor der Tür auf ihr Abendessen gewartet hatten und nun laut krakeelend zu ihren – unzähligen – Kolleginnen hinabflatterten. „Put put put, ihr kriegt gleich was", sagte Frau Löffel, und dann zu mir:

„Die Stiege führt sowohl in den Hühnerhof als auch in den Gemüsegarten, das ist sehr praktisch."

„Finde ich auch. Was ist das für eine Hühnerrasse?"

„Rhodeländer. Gute Fleischhühner. Sie legen diese großen bräunlichen Eier, die Sie ja auch immer von uns bekommen. Wir haben *nur* Rhodeländer, und wir leisten uns sogar den Luxus eines Hahns!"

„Luxus?"

„Ja wissen Sie, eigentlich braucht man keine Hähne, die sind, von der praktischen Seite her betrachtet, unnötige Fresser und zu nichts nütze außer zur Befruchtung. Aber was Befruchtung und Aufzucht betrifft, so wird das ja heute in den großen Farmen geregelt."

„Und wozu dann überhaupt ein Hahn?"

„Tja – er rundet das Bild ab, außerdem kräht er so nett, vor allem früh morgens, wie ein zuverlässiger Wecker. Wir stehen gern zeitig auf, wissen Sie."

Ich nickte, etwas verlegen lächelnd, denn ich stand ganz und gar nicht gern zeitig auf! Dennoch beschloß ich, sollte der Hahn einst mir gehören, mich um ihn besonders zu kümmern, so wie man sich eben um Randexistenzen und Minderheiten kümmert. (Es sei schon hier verraten: Der Hahn hat mir die soziale Einstellung nicht gedankt.

Er verfolgte mich zu besonders mißgelaunten Stunden mit seinem wüsten Gezetere und Geflattere und machte nicht einmal vor der Küchenstiege halt. Für ihn, der sich halb fliegend, halb rennend fortbewegte, war die Stiege viel geeigneter als für mich arme Flügellose, die in ganz erschreckendem Maße ihre Abhängigkeit von Schuhwerk und gelockerten Holzleisten zu spüren bekam. So gelang es ihm jedesmal, mich in die Flucht zu schlagen. Zur Strafe gab ich ihm keinen menschlichen Namen, sondern nannte ihn „Monster" oder, wenn er mich gar zu Fall gebracht hatte, „widerlicher Gickel".) Doch zurück zur Hausbesichtigung.

Im Keller, wo es nach allerhand Eingemachtem, nach Sauerkraut, gelagerten Äpfeln und Kartoffeln duftete, entdeckte ich zu meiner Beruhigung eine Dunkelkammer für Canis. Amsel, die bereits das ganze Haus durchstöbert hatte, war vor allem von den beiden Dachkämmerchen entzückt, aus denen sie ein „Musikstudio" zaubern wollte.

„Mensch, Leute, kommt mal alle her!" rief sie aufgeregt herunter, „sogar Frieda hat für die Zukunft ausgesorgt!"

Tatsächlich: Ein behäbiger, großflächig ausgedehnter Speicher mit puppenhaft zierlichen Dachgauben, mit trockenem Balkenwerk und Spinnweben wartete auf Friedas fürstlichen Einzug. Das Herz mußte ihr lachen!

Ule hielt sich bald nur noch unten auf, um den Stall gründlich zu inspizieren. Im Augenblick standen dort zwei Ziegen, es hätte aber eine ganze Herde darin Platz gehabt – und selbstverständlich auch eine Pferdefamilie.

Die „übrigen" Räume, gewissermaßen der solide Mittelstand unter all den Besonderheiten, wurden vertrauensvoll meiner Begutachtung überlassen. Mir gefielen die hohen Fenster, die, obgleich man durch sie auf alte Bäume schaute, noch genügend Licht einließen, mir gefielen die quadratischen großen Zimmer. Ich freute mich an den hellen Holzfußböden und an dem herrlichen grünen Kachelofen im Wohnzimmer und sah im Geiste unsere Hunde und Katzen – vielleicht auch Rita? – auf der breiten Ofenbank liegen ...

Erst spät am Abend saßen wir wieder in unserem Auto. Ein klarer Sternenhimmel ließ die sanften Konturen der hügeligen Wiesen weithin erkennen.

„Hier gibt es noch nicht mal Straßenlampen", flüsterte Amsel feierlich.

„Wer so schöne Sterne hat, braucht keine Straßenlampen", erwiderte Ule; auch er sprach's mit feierlicher Stimme.

Nach einer gebührenden Schweigeminute legte Amsel los wie ein aufgezogener Motor. „Ich fahre dann immer morgens mit Ule nach Frankfurt zur Schule, mittags könnte ich nach Hause trampen ..."

„... das wirst du schön bleiben lassen", unterbrach ich sie entsetzt, „lieber hole ich dich ab, wenn mal der Bus ausfällt. Ich werde ja ohnehin meine größeren Einkäufe in der Stadt machen müssen."

„Und wie regeln wir das mit meiner Konfirmandenstunde? Ich würde eigentlich gern bei meinem Pfarrer bleiben, weil ich mich so an den gewöhnt hab'."

„Es wird schon irgendwie gehen. Vielleicht kannst du dich an dem betreffenden Tag mittags in die Praxis setzen und dort dein Brot essen, oder du ißt mit Ule in unserer netten Schaschlikbar."

Ule, der bis dahin schweigend gefahren war, legte seinen Arm um meine Schulter und zog mich an sich heran.

„Wie gut", sagte er leise, „daß ich dich in der Schaschlikbar getroffen habe. Jetzt kann ich endlich wieder schöne Pläne machen, mit dir zusammen."

Schnell warf ich noch einmal mein Herz über die Hürde und sprang hinterher. Diesmal gelang mir der Sprung besser. Ich freute mich auf unsere gemeinsame Zukunft in Hinterecken Nummer 8.

Von nun an blätterte ich noch öfter als sonst in den Küchen- und Gartentips, und ich bedauerte sehr, daß es nicht auch „Tips für die Landwirtschaft" gab.

10

Ule wurde schon in den nächsten Tagen mit dem Ehepaar Löffel handelseinig. Wir erwarben, da Löffels ja in Zukunft keine Landwirtschaft mehr betreiben konnten, nicht nur Haus und Garten, sondern dazu dreißig Hühner, einen Hahn, zwei Ziegen, acht Enten und zwei Gänse. Selbstverständlich gab ich die lebendigen Errungenschaften vor meinen nächsten Anverwandten nicht so schonungslos als Aufzählung preis; vielmehr sprach ich beiläufig von einer „kleinen Bereicherung unseres Zoos". Meine Mutter hätte berechtigte Zweifel an meiner landwirtschaftlichen Befähigung angemeldet. Und das Eis meiner Zuversicht war zu dünn, als daß es die Zweifel anderer ertragen hätte, ohne zu brechen.

„Die Löffelschen Tiere verschenken wir baldmöglichst", beruhigte mich Ule, „damit der Betrieb für dich klein bleibt."

„Klein?"

„Na ja – mittel. Jedenfalls darf alles nicht schlimmer werden als bisher."

Zu meiner großen Erleichterung erklärten sich Löffels bereit, die Renovierungen im Haus noch vollständig zu überwachen, so daß mir nur die Verhandlungen mit den Handwerkern und die Auswahl der Tapeten und einiger Bodenbeläge zufielen.

Es war Anfang September geworden.

Schule, Konfirmanden- und Geigenstunden hatten für

Amsel wieder begonnen. Im Tierheim wimmelte es, wie jedes Jahr um diese Zeit, von zahllosen ausgesetzten, kranken und abgemagerten Hunden und Katzen, so daß Ule doppelt mit Beschlag belegt wurde.

Ich stand also, was die Umzugsvorbereitungen betraf, allein auf weiter Flur, sofern sich nicht die Frau, die in der Praxis putzte, hin und wieder der Wohnung erbarmte.

Als Umzugstermin nahmen wir uns den zehnten Oktober vor.

Da der Mietvertrag für unsere Wohnung noch nicht gekündigt werden konnte, mußten wir für Nachmieter sorgen. Diese Aussicht erschien mir schlimmer als die Entrümpelung des vollgestopften Kellerraumes oder der beiden ebenfalls bis zur Tür angefüllten Dachkammern.

Inzwischen war es mir schon zur Erfahrung geworden, daß die Arbeit des Entrümpelns eine gewisse Zufriedenheit im Hausfrauenherzen erzeugt. Wird doch dabei auf eine höchst anschauliche Art und Weise mit der Vergangenheit aufgeräumt; und es muß ja nicht immer die eigene sein!

Am Tag des Sperrmülls füllten wir eine beachtliche Strecke des Straßenrandes mit ausgedienten Maschinen, angeknabberten Sesseln, kleinen und großen Puppenwagen, Katzenkästen, durchlöcherten Plastikwannen, bodenlosen Hundekörben und mehreren verrosteten Vogelkäfigen. Daß sich die Zufriedenheit dennoch nicht so recht in mir ausbreiten konnte, lag an der oben erwähnten Aussicht, demnächst Wohnungsführungen veranstalten zu müssen, ähnlich einem Museumsangestellten, der seinen Text herunterschnarrt, während die Augen des Publikums teils schläfrig, teils neugierig umherirren.

Die erste Interessentin prägte sich meinem Gedächtnis

aufgrund einer gewissen Übereinstimmung von Namen und Herkunft besonders ein. Es handelte sich um Frau Schmidt aus Schmidten, und sie hatte Ansprüche.

„Ei, heut hat man aber doch Marmor", sagte sie ebenso hessisch wie verächtlich, als sie unser spärlich gekacheltes Badezimmer inspizierte. Auch die umherhuschenden Tiere mißfielen ihr sichtlich, zumal diese in ihrem Schrekken die ungeeignetsten Zufluchtsorte und Beschäftigungen wählten. Die Katze Sieglinde nahm sich das Toilettenpapier vor, das sie routiniert aufrollte, annagte und in Wellenlinien über den Boden zog. Ihre funkelnden Augen zeigten mir deutlich, daß es zwecklos sei, sie an diesem Tun hindern zu wollen. In der Küche drehte Rita ohne Sinn und Verstand im Abwaschbecken ihre Runden. Doris, die Schildkröte, ließ mitten im Flur ein großes Salatblatt fallen, an dem sie gerade geknabbert hatte. Auf dem Garderobenschränkchen hockte der Kater Paul und untersuchte eingehend die Handtasche der Dame. Als ich sie ihm entriß, reagierte er ungehalten und fauchte.

Die Interessentin lächelte frostig – wer möchte es ihr verübeln!

„Die tun das normalerweise alles nicht", sagte ich mit schwacher Stimme. Doch Frau Schmidt aus Schmidten hatte einen solch ausgeprägten Sinn für das, was einem gehobenen Bundesbürger ansteht, daß sie mir die unauffällige Wohnungseinrichtung, vor allem aber den Hang zu tierisch-asozialem Treiben nicht vergeben konnte. Sie reichte mir zum Abschied die kostbar beringte Rechte, blinzelte jovial unter silberblauem Lidschatten hervor und ging wortlos von dannen, um sich der Treppe knarrend zu bemächtigen.

Ich hatte aus diesem Besuch gelernt und verhielt mich in der Folgezeit klüger. Ule brachte mich auf den guten Gedanken, vor jeder Besichtigung die Tiergesellschaft in einem kleinen Nebenraum der Praxis zu versammeln, verpackt in Kisten, Körben und Käfigen.

„Wenn erst das Leben aus der Wohnung verbannt ist und es bleibt nur noch die Saubermann-Atmosphäre zurück – für die vielleicht Frau Harke sorgen kann –, geht die Wohnung weg wie eine warme Semmel", sagte er voller Zuversicht. Und er sollte Recht behalten!

Schon nach der zweiten Zoo-Verladung hatten wir in zwei miteinander befreundeten Rentner-Ehepaaren unsere glücklichen Nachmieter gefunden.

Mit wahrem Feuereifer stürzte ich mich jetzt auf die eigentlichen Umzugsarbeiten, und es gelang mir erstaunlich schnell, die große Wohnung in ein Chaos zu verwandeln.

Weil ich so beschäftigt war, fiel es mir zunächst gar nicht auf, daß Amsel immer schweigsamer von der Schule nach Hause kam. Als dann aber auch ihr Appetit merklich nachließ und sie mit abwesendem Blick in ihrem Essen herumstocherte, wurde ich aufmerksam.

„Was ist los mit dir, Amsel?"

„Ach, nichts von Bedeutung."

„Amsel ist eben schnäubig", mischte sich Ule augenzwinkernd ein, „das gibt es oft bei verwöhnten Katzen."

Die väterlichen Späße kamen heute bei ihr nicht an.

„Ich bin aber keine Katze. Nächstens sagst du vielleicht noch, ich sei heiß oder rollig!"

„Tja – wenn ich aber sagen würde ‚rossig', dann wäre unser Rößlein beleidigt!"

„Mein lieber Vater könnte mich ja mal ausnahmsweise zur Gattung Mensch erheben."

„Also gut. Ist meine Tochter Annemarie vielleicht verliebt?"

„Mein Vater Ulrich hat es erraten, oder wenigstens fast."

„In wen denn?" fragte ich neugierig.

„In einen Bub aus meiner Klasse, einen albernen Gokkel."

„Warum muß der Gockel, in den du verliebt bist, albern sein?" Ulrich schaute höchst belustigt drein.

„Mein Instinkt hat mich verlassen, um es mal so auszudrücken, wie der Doktor med. vet. es versteht!"

„Wie heißt denn dein Opfer?" Ule fragte mit so geheuchelter Anteilnahme, daß Amsel lachen mußte.

„Der arme Kerl heißt Roger. Und das Schlimme ist, daß weder die Lehrer noch wir Mitschüler wissen, ob dieser Name englisch oder französisch ausgesprochen werden muß. Er sagt, seine Eltern wissen's leider auch nicht. Die haben den Namen in einer Illu gelesen und apart gefunden und deshalb ihren Sohn so genannt."

„Aber die Eltern müssen den Namen doch irgendwie aussprechen!"

„Ja natürlich. Die sprechen ihn deutsch aus, einfach so, wie er geschrieben wird, R-O-G-E-R. Und er sagt, es störe ihn weiter nicht, es wäre immerhin mal was anderes."

„Das ist es wirklich! Und jetzt laß dich vom Rößlein beraten, wie man mit albernen Gockeln umgeht. Ich muß wieder runter, ihr hört ja selbst den fürchterlichen Radau im Wartezimmer."

„Geh nur zu deinen Viechern." Amsel schob ihren

Vater zur Tür hinaus. „Wir führen jetzt ein Gespräch von Frau zu Frau, da können wir dich sowieso nicht gebrauchen."

Während ich den Sekretär ausräumte, erzählte sie mir von Roger und warum er ihr so gut gefiel. „Weißt du, er ist so männlich."

„So?"

„Ja, zum Beispiel wenn er im Unterricht drankommt, weiß er meistens nichts. Und es macht ihm überhaupt nichts aus."

„Und das ist männlich?"

„Ich finde schon. Die Männer sind im Lebenskampf viel gelassener, wenn sie was nicht können. Wir Frauen machen uns immer gleich verrückt."

„Aber mit Gelassenheit allein ist es doch auch nicht getan."

„Nee – es steckt ja auch noch viel mehr im Roger. Er hat zum Beispiel schon mal im U-Bahnhof Posaune gespielt und mit dem Hut Geld eingesammelt. Dazu gehört eine Menge Mut. Er sagt auch, er will demnächst Hasch anpflanzen."

„O weh."

„Aber Rößlein. Das ist doch bloß Imponiergehabe, auch wieder so ein männlicher Faktor . . ."

„Ach so."

„Und er will morgen nach der Schule mit mir Eis essen gehen. Jetzt kann ich es dir ja sagen. Mein Problem ist, daß ich nicht weiß – bitte lach mich nicht aus –, was wir miteinander reden sollen!"

„Weiß *er* denn nichts?"

„Ich glaube nicht. Wie gesagt, er ist ja ziemlich gelassen, und so einer redet kaum."

„Habt ihr irgend etwas, das euch gemeinsam interessiert?"

„Ich wüßte nichts. Vielleicht die Musik. Obwohl – mit seiner Posaune ist es nicht weit her. Weißt du was?"

„Was denn?"

„Es ist schade, daß er nicht im Krieg war. Sonst könnte ich ihn nach Kriegserlebnissen fragen. Dabei kommen die Männer immer ganz toll in Fahrt. Wir haben so'n paar ältere Lehrer, wenn wir die nach Kriegserlebnissen fragen und immer über ihren Mut staunen, verplaudern die eine ganze Stunde, zu unserer Freude."

„Vielleicht kannst du den Roger fragen, wo er geboren ist und was er als Kind gern gemacht hat und für welche Fernsehfilme er sich interessiert?"

„Fernsehfilme, das ist gut. Weißt du, Rößlein, ich schreibe mir mal ein paar Gesprächsthemen auf und lern' die so ein bißchen auswendig. Dann wird er sich mit mir bestimmt nicht langweilen. Zur Not kann ich ja mein Eis so langsam essen, daß ich dauernd den Mund voll habe und bedauerlicherweise am Gespräch behindert bin."

„Aber dann faßt natürlich die Langeweile Fuß."

„Ist ja auch nur für den größten Notfall gedacht, damit man sich nicht so blamiert. Rößlein?"

„Ja?"

„Ich glaube nicht, daß aus unserer Liebe etwas wird."

„Warum nicht?"

„Weil ich mich schon zu oft blamiert habe. Erstens werde ich immer rot, wenn er mich anguckt. Zweitens wollte ich neulich, weil er hinter mir herging, ganz elegant und lässig die Treppe runterhüpfen, und dabei bin ich so blöd hingefallen, daß er gelacht hat und ich mir meine Ferse aufgeschürft habe. Schau mal."

Sie zeigte mir eine große verkrustete Wunde, Symbol einer schlimmen Niederlage. Dann schlenderte sie zufrieden in ihr Zimmer, um Gesprächsthemen und Fragen aufzunotieren, während ich mich weiter um das Chaos der Wohnung bemühte.

Das Rendezvous mit Roger führte in der Tat nicht zu einem happy end.

„Es war entsetzlich, Rößlein", jammerte sie, „meine Themen interessierten ihn überhaupt nicht und das mit dem Geburtsort und den Fernsehfilmen hat er in zwei, drei Sätzen beantwortet, und dann schwiegen wir uns an und schleckten an dem blöden Eis herum. Und eingeladen hat er mich auch nicht zu dem Eis."

„Warum denn nicht?"

„Weil er sein Geld vergessen hatte. Ich glaube, das ist bei den Buben so ein Trick. Jedenfalls habe ich genug von ihm. Schade, es war so schön, immer an jemanden denken zu können. Außerdem hätte ich gern auch einen Freund nachgewiesen wie alle Mädchen in meiner Klasse. Man gilt nichts, wenn man keinen Freund nachweisen kann."

„Ist das wirklich so?"

„Leider ja. Aber ich könnte einen Freund erfinden und ihn im Ausland leben lassen. Dann muß ich nichts beweisen. Die Caroline macht das auch so. Die hat einen Spanier. Ich könnte zum Beispiel einen Italiener haben; Roberto könnte er heißen, ein kommender Geigenstar, mit dem ich das Doppelkonzert von Bach spiele. Was hältst du davon?"

„Hm – ja, eine Möglichkeit, wenn der Freund eine Prestigefrage ist. Nur mußt du aufpassen, daß du nicht einen lebhaften Briefwechsel mit ihm erfindest. Die Briefmarkensammler in deiner Klasse könnten dann vielleicht auf die Idee kommen, dich um die italienischen Marken zu bitten."

„Nein nein, mit Roberto telefoniere ich nur."

Damit war das Thema „Liebe" ausgestanden, jedenfalls vorläufig. Ich registrierte es dankbar, denn der Umzug hatte, wie sich bald herausstellen sollte, eine so stattliche Anzahl von Problemen auf Lager, daß Sonderprobleme allenfalls ein Schattendasein führen konnten.

11

Die Renovierungsarbeiten in Hinterecken zeichneten sich überwiegend durch Verzögerungen aus. Es war daher abzusehen, daß wir nach dem Einzug noch für eine gute Weile mit den Handwerkern zusammen eine Großfamilie bilden würden.

„Das sind die üblichen Pannen, Rößlein", meinte Ule, „wir sollten uns fest vornehmen, darüber zu lächeln. Das Leben ist viel zu kostbar, um es an solche Ärgernisse zu verschwenden!"

Ich gab ihm recht und lächelte. Dies fiel mir um so leichter, als der Oktober, unser Umzugsmonat, mit warmen, goldenen Tagen begann, was mich in eine Hochstimmung versetzte, die alle Sorgen wie Seifenblasen zerplatzen ließ.

Auch als Canis, der nach Hause gekommen war, um zu helfen, sich mit einer schweren Grippe niederlegte, hielt ich an meiner Hochstimmung eisern fest.

Selbstverständlich übernahm Amsel die Grippe von ihrem Bruder, so daß ich am siebten Oktober, drei Tage vor dem Umzug, zwei fiebrige Patienten zu pflegen hatte. Etwas ängstlich wurde mir aber erst zumute, als mir Amsel eröffnete, sie habe ihre Freundin Susi als Umzugshilfe engagiert.

Susi war ein Mädchen, das auf nichts verzichten mochte, was das Leben so anbot. Sie rauchte, trank Bier, vertrieb sich die Zeit in Diskotheken, spielte Gitarre im U-Bahnhof und probierte – so erzählte sie jedenfalls – des Nachts Jünglinge aus, denn sie besaß eine „sturmfreie Bude”, genauer gesagt: man konnte ihr Zimmer durch einen eigenen Hauseingang erreichen.

Amsel mochte sie sehr. „Weißt du, Rößlein”, erklärte sie mir klipp und klar, „die weiß schon soviel vom Leben und kann mir zurückgebliebener Liese vielleicht ein bißchen Dampf machen.”

Ule und ich hätten auf diese Art von Dampf zwar gern verzichtet, mußten uns aber immer wieder eingestehen, daß wir Susi nett fanden. Und auch sie hing an uns; wohl nicht zuletzt deshalb, weil sie unser Familienleben genoß. Ihre Eltern waren geschieden. Susi wohnte bei der Mutter, die nicht nur seit Jahren alles mögliche studierte (und wieder verwarf), sondern sich auch in regelmäßigen Abständen einer psychiatrischen Behandlung zu unterziehen hatte. Susi konnte sich auf ihre Mutter zu keiner Zeit wirklich verlassen. Deshalb sollte sie bei uns eine offene Tür vorfinden, wann immer sie anklopfte. Aber als Umzugshilfe?

„Wann will sie denn kommen, Amsel?”

„Direkt nach der Schule. Vielleicht kann sie dann auch bei uns ein bißchen was zu essen kriegen?”

„Natürlich kann sie das. So, jetzt aber weiter im Text, morgen früh um halb acht kommt der Möbelwagen, und es gibt noch eine Menge zu tun.”

Ule beendete an diesem unserem letzten Frankfurter Abend schon um sieben Uhr seine Arbeit in der Praxis. Gemeinsam suchten wir nach geeigneten Körben, Schachteln und Käfigen für den Transport der Tiere. Die huschten beunruhigt und ängstlich durch die wüsten Zimmer und ließen ihre vollgefüllten Futternäpfe unberührt stehen. Als ich auf den Balkon hinaustrat, um Frieda zu holen, kündigten tiefhängende Wolken, die ersten seit acht Tagen, einen gewaltigen Regenguß an. „Dann schwimmen wir halt in unser neues Haus", sagte ich zu Frieda, die mich ihrerseits freundlich gurrend begrüßte und mir auf die Schulter hüpfte, um sich hineintragen zu lassen. Als Dame von Welt, die weite Flüge gewöhnt war und schließlich auch schon einen Umzug erlebt hatte, ließ sie sich von der allgemeinen Nervosität nicht anstecken. Sie nahm Platz auf ihrem Bücherbrett, putzte sich und übersah geflissentlich, daß kein einziges Buch sie mehr umgab.

Im Wohnzimmer saß Ule auf einer der umherstehenden Kisten und stopfte bedächtig seine Pfeife. Ich setzte mich auf den zusammengerollten Teppich und streckte meine müden Beine wohlig aus. Auch Canis und Amsel, beide blaß, im Bademantel und mit einem dicken Schal um den Hals, schlurften herbei, um uns Gesellschaft zu leisten. Unsere Stimmen hallten in dem leeren Raum, als säßen wir in einem Saal.

„Merkwürdig", sagte Canis nach einer Weile, „daß wir eine so große Sache vor uns haben, von der nun unsere Bärle-Mutter gar nichts mehr weiß."

„Vielleicht weiß sie es doch, die Verstorbenen sehen und hören wahrscheinlich viel mehr als wir", meinte Amsel. „In Wirklichkeit ist das Bärle auch überhaupt nicht tot."

Canis lachte leise. „Das Amselchen und sein Kinderglaube!"

Sie fuhr hoch. „Was hat denn das mit Kinderglauben zu tun?"

„Nichts, gar nichts, Schwesterchen, beruhige dich."

„Warum sagst du's dann?"

„Ist mir nur so rausgerutscht. Komm, darfst an meiner Zigarette ziehen, als Ersatz für eine Friedenspfeife."

Das ließ sie sich nicht zweimal sagen. Sie griff nach der Zigarette, tat einen tiefen Zug, ohne sich zu verschlucken und ohne Ules mißbilligenden Blick zur Kenntnis zu nehmen.

„Armer Ule", ich strich ihm über das graue Haar, „solche Blicke strengen den Blickewerfer nur an und sind ganz und gar für die Katz!"

„Noch nicht mal für die, Rößlein, denn die sind vernünftig und rauchen nicht – im Gegensatz zu meinen Kindern."

„Sagte der Vater und stopfte sich emsig eine neue Pfeife." Canis knurrte es in seinen Bart hinein, Ule gab sich Mühe, es zu überhören.

Der Dackel Friedhelm, wegen seiner Leibesfülle manchmal auch „Walze" genannt, watschelte verdrossen zwischen den Kisten umher, schnupperte hier und dort, blieb vor dem einen Ende der Teppichrolle stehen, unschlüssig, ob es lohne, sich hineinzuzwängen, versuchte es zunächst vorsichtig mit der spitzen Schnauze, was zu einem heftigen Niesanfall führte, und zog schließlich wieder ab, verdrossen, wie er gekommen war. Was die Leute sich nur dachten, einen gemütlichen Aufenthaltsort, in dem es ein Sofa, Decken und weiche Kissen gab, so zu verunstalten!

„Bärle hat unseren Friedhelm gar nicht mehr kennengelernt", stellte Amsel fest. „Was sie zu ihm wohl gesagt hätte?"

„Walze hätte sie gesagt, was sonst, Schwesterchen? Sie hätte ihn genauso verwöhnt, wie ihr das tut, und wahrscheinlich hätte sie dazu erklärt: ‚Walze ist blind, und irgendeine Freude muß er schließlich haben, also darf er sich den Bauch vollschlagen.'"

„Bärle hatte überhaupt was übrig für ein Leben, das man sich so schön wie möglich macht."

Ule nickte. „Stimmt, Rößlein, es gab ja kaum etwas, das sie nicht in ein Vergnügen verwandelt hätte. Sogar beim Staubsaugen hat sie gesungen, ich höre noch heute den guten Gustav im Takt dazu bellen. Manchmal dachte ich, sie gründet eines Tages mit unseren Tieren einen Chor."

Amsel war begeistert. „Toll, Rita als Koloratursopran, Sieglinde Mezzo, Paul Tenor, Canis Baß."

„Also erstens wäre Rita höchstens als Pfeife in Betracht gekommen, und zweitens, was hab' ich im Chor der Tiere zu suchen?"

„Nur aushilfsweise, weil Bässe rar sind unter den Tierchen, es sei denn, man hält sich dafür einen Elefanten. Aber dem wäre sicher die Treppe im Weg gewesen!"

„Bärle hätte ihn schon irgendwie hochtransportiert", lachte ich, „sie brachte ja eigentlich alles fertig."

Einen Augenblick hingen wir unseren Gedanken nach, bis Amsel das Gespräch wieder aufgriff. „Nur gegen das verflixte Sterben ist sie nicht angekommen, dabei hat Sterben gar nicht zu ihr gepaßt, also wirklich nicht."

Ule schaute hoch. „Das paßt zu niemandem, Amsel."

„Weißt du noch, Ule, wie die Leute nach der Beerdigung alle dieses gräßliche Wort ‚Beileid' sagten? Ich mußte dauernd an Beigeschmack oder Beifahrer denken. Und wie sie alle behauptet haben, für die Tote sei es jetzt schön, nur wir Hinterbliebenen seien arm dran!"

„Na ja, sie müssen halt was sagen – ist ja auch schwierig."

„Aber woher wollen die wissen, daß es fürs Bärle zum Beispiel schön ist? Es ist doch wie ein Umzug, aber nicht ein lustiger mit der Familie, sondern allein. Vielleicht wird man da von fremden Menschen angestarrt . . ."

„. . . laß mal, Amsel", unterbrach sie Ule, „Bärle hat es überstanden, und wir sind Gott sei Dank wieder vergnügt. Der erste übrigens, der mich nach Bärles Tod wieder zum Lachen brachte, war ein Tierpatient, und zwar der Papagei einer Engländerin."

„Was hat er gemacht?"

„Der Kerl stand bunt und majestätisch auf dem Untersuchungstisch, legte den Kopf schief und fragte mich höflich, während ich ihn abtastete: ‚Are you all right?'"

Unser Gelächter klang ungewohnt laut durch den Raum. Kater Paul, der sich damit befaßte, einen weißen Faden aus dem Nähkorb zu ziehen, um ihn, sozusagen am Stück, zu verspeisen, hob den Kopf und schaute uns irritiert an. Ich wünschte mir, Bärle möge im Geiste bei uns sein, uns hier sitzen und lachen sehen und mit mir, die ich ihren Platz eingenommen hatte, zufrieden sein.

Draußen prasselte der Regen vom Himmel, als sollten wir für unseren Umzug eine Arche Noah bauen.

12

Am nächsten Morgen, eine halbe Stunde zu früh und bei strömendem Regen, stand der Möbelwagen vor der Tür. Fünf kräftige Männer stürmten die Wohnung, noch ehe wir alle Tiere eingefangen und hinter Gitter gebracht hatten. Frieda schimpfte, weil sie sich um ihren Morgenflug betrogen sah, Rita nagte eine Bücherschachtel durch, der blinde Friedhelm beschäftigte sich mit der Couchdecke, indem er sie anfraß. Die beste Idee war dem Kater Paul gekommen: Er spielte Fangen mit unzähligen grünen Erbsen, die er zuvor in der Küche gefunden und aus ihrer Tüte befreit hatte. Da Schippe und Besen in dem allgemeinen Durcheinander nicht mehr auffindbar waren, mußte ich Amsel in die Knie bitten und auf die Erbsen ansetzen, um zu vermeiden, daß wir alle, einschließlich der Transportleute, halsbrecherisch durch die Wohnung rollten.

Ule und ich begannen sofort die Jagd auf die Tiere, während Canis sein Aquarium reisefertig machte. Zum Schluß, als es endlich in den Behältnissen kruschelte, miaute, bellte, gurrte und pfiff und wir den ganzen Zoo noch einmal überprüften, atemlos und schwitzend, fehlte der Kater Meier-Gröffelbach. Er konnte leicht mit den Möbelpackern auf die Straße geraten sein. Doch wer wollte das nachprüfen? So viel wußte ich inzwischen von Katzen: Hatte die Abenteuerlust sie erst einmal gepackt, so reagierten sie weder auf freundliches noch auf flehentliches oder gar zorniges Rufen. Man war Luft für sie, bis sie irgendwann beschlossen, den Heimweg anzutreten, hungrig, struppig und voller Zecken. Amsel, die an Herrn Meier-Gröffelbach besonders hing, gab die Erbsenlese auf und lief, trotz Halsweh und Fieber, auf die regennasse Straße, um unter allen parkenden Autos nach ihrem Liebling zu fahnden.

Sie war ich nun los, dafür trudelte kurz darauf Susi ein, klein, grazil, langhaarig, ein Palästinensertuch um die Schultern gebunden, auf dem Rücken die Gitarre, unter dem Arm einen zusammengerollten Schlafsack.

„Hallo Roß", begrüßte sie mich gutgelaunt, „ist soweit alles okay?" (Sie nannte mich „Roß" und „du", weil ihre Clique, wie sie sagte, das stinkbürgerliche „Sie" abschaffen wollte.)

„Alles okay", antwortete ich, „aber hast du denn so früh schon die Schule aus?"

„Bin erst gar nicht hingegangen. Beim Umzug helfen ist wichtiger!"

„Das finde ich zwar nicht, aber nun bist du mal da. Wozu denn aber die Gitarre?"

„Ich dachte, wenn euer Gemurkse überstanden ist, bauen wir zur Einweihung große Hektik im Gemäuer, okay?"

„Eigentlich nicht okay, Susi, wir werden heute abend sehr müde sein, und Amsel ist noch krank."

„Dann bauen wir eben nur kleine Hektik. Amsel legt sich flach, und ich singe ihr ein paar müde Lappen."

„*Was* singst du ihr?"

„Müde Lappen, das Gegenteil von scharfen Songs, also mehr Heia-Songs, garantiert total cool."

Obgleich mir Susi nur im Wege stand und nun auch noch Amsel, die inzwischen ohne den Kater zurückgekommen war, von der Arbeit ablenkte, konnte ich ihr nicht böse sein. Wie sie so an der Heizung lehnte, ein kleiner Tramp, blaß, übernächtigt, die Schlafsackrolle zu Füßen, hätte ich sie am liebsten gepackt und in ein warmes Nest gesetzt . . .

Doch unsere Wohnung glich nicht mehr einem warmen Nest, sondern einem Güterbahnhof, auf dem ein Tiertransport steckengeblieben war.

„Wir müssen schleunigst losfahren, um die armen Kerlchen endlich zu befreien", sagte ich zu den Mädchen. „Aber du, Amsel, gehst nur *einmal* und setzt dich dann dick verpackt in den Kombi. Immerhin hast du noch etwas Fieber. Ich schaffe es dann schon mit der Susi und meinen beiden Männern."

Ich schaffte es dann nur mit der Susi und ohne meine beiden Männer, denn diese waren nicht auffindbar. Schlimmes ahnend rief ich unten in der Praxis an und erfuhr, daß ein angefahrener Hund auf dem Behandlungstisch liege und wir mit einer mehrstündigen Operation rechnen müßten. Ich möchte doch bitte schon mal alleine . . .

Zum Schluß war der Kombi so überfüllt, daß Susi und ich uns nur noch mit Mühe hineinschieben konnten. Amsel saß bereits weinend auf ihrem Platz neben mir, im Arm den Dackel Friedhelm und zu Füßen den Papageienkäfig. Gustav lagerte mit seinem gewaltigen Hundekörper quer über dem Schaltknüppel, um mit dem Papagei handgreiflichen Kontakt aufnehmen zu können.

„Warum weinst du denn?" fragte ich erschrocken.

„Weil der Meier-Gröffelbach weg ist, ausgerechnet heute."

„Aber Kind, den finden wir doch wieder!"

„Wo denn? Der kann schon überfahren oder in einem Versuchsinstitut gelandet sein."

„Du mußt ja nicht immer gleich das Schlimmste vermuten, wahrscheinlich streift er vergnügt in irgendeinem Hinterhof herum, und wenn er heimkommt, findet er Ule und Canis und schließt sich ihnen an."

„Ich sage dir eines, Roß, ich schwöre es: Wenn der Kater elend zugrunde geht, lasse ich mich nicht konfirmieren!"

„Das klingt ja fast wie eine Erpressung!"

„Ist mir gleichgültig, ich erpresse ja nicht *euch*!"

„Wen denn?"

„Gott – auch wenn er sich ins Fäustchen lacht."

„Mann, Amsel", kicherte Susi, „deinen Gott kannste dir doch ins Märchenbuch kleben!"

„Ich denke, Susi, du willst Theologie studieren?" fragte ich erstaunt.

„Ach weißt du, Roß, diese Idee ist mehr auf dem Mist meiner Mutter gewachsen, wegen der Sicherheit, meint sie. Sicherheit stellt sie sich vor wie das Paradies – sie hat ja immer soviel Angst . . . Na, jedenfalls meint sie, die Kirche zahlt nicht schlecht, und ich hätte ja hauptsächlich nur am Sonntag Dienst, das ist, wenn ich mal Kinder hab', ziemlich praktisch."

„Aber ihr könnt euch alle auf den Kopf stellen", schluchzte Amsel, „wenn es den Tieren in der Welt nicht bald mal besser geht, lasse ich mich nicht konfirmieren."

„Komm", versuchte ich sie zu beruhigen, „du weißt doch ganz genau, daß die Dinge viel komplizierter sind! Aber wir müssen uns jetzt wirklich auf unsere Fahrt konzentrieren, sonst stehen wir heute abend noch hier und die Leute denken, wir sind ein abgehängter Zirkuswagen."

Wenn ich sage, das Gefährt war mit Leben erfüllt, so ist das eine freundliche Umschreibung für den wahrhaft ohrenbetäubenden Lärm, den die Tiere in ihrer Aufregung veranstalteten. Angstgerüche aller Art und Herkunft gaben der Atmosphäre einen spürbar brenzligen Charakter. Die Abänderung ihres gewohnten Lebensstils empfanden sie offenbar als eine ungeheure Zumutung.

„Wir ziehen jetzt um", sagte ich streng, „ihr müßt euch auch *einmal* nach uns richten!"

Der Papagei wandte sich mir ruckartig zu, rollte mit den Augen und attackierte mich kreischend und in rasender Folge mit seinem Lieblingswort „Vastehste", als sei seine Stimme auf eine Schallplatte geraten, die wegen eines Sprunges unaufhörlich den gleichen Melodiefetzen wiederholt.

Susi, infolge ihrer Leidenschaft für Diskotheken offenbar mit einer Ohrenhornhaut ausgestattet, griff schließlich voll in die Saiten ihrer Gitarre und schmetterte einen ihrer Lieblingssongs. „Jesus was a sailor!" erklang es in langatmig angelegten Tonschleifen.

Amsel lächelte gequält, während ich mich gedanklich zum Alten Testament hin rettete und mir vorstellte, in der Arche Noah zu sitzen. Genauso mußte es gewesen sein! Nur daß *meine* Arche ein Blechbehälter auf vier Rädern war, daß sie einem tosenden Radiogehäuse glich, in dem aus Versehen alle Sender gleichzeitig liefen, und daß das Wasser von *oben* kam . . .

Die Familie Noah hat die Situation ja auch irgendwie geschafft, flüsterte ich mir zu, setzte das schwere Gefährt langsam in Bewegung und fuhr bei Regen und Wind unserer neuen Heimat entgegen.

In Hinterecken erwartete uns meine Mutter mit einer

dicken Gemüsesuppe (aus eigener Ernte), an der sich auch die Handwerker, die mit der Renovierung des Hauses beschäftigt waren, genüßlich beteiligten.

Frau Löffel war gekommen, um uns willkommen zu heißen und mich in meine landwirtschaftlichen Pflichten einzuführen. Zuvor räumten wir aber noch geschwind das Auto aus, verfrachteten alle Tiere in das künftige Elternschlafzimmer, packten Amsel in Susis Schlafsack und ernannten sie zur Aufpasserin. Susi nutzte die Zeit bis zum Eintreffen des Möbelwagens, um „mittlere Hektik" zu bauen, wozu sie sich eine selbstgedrehte Zigarette anzündete, einige Akkorde auf der Gitarre zupfte und im Tanzschritt quer durch den Raum hüpfte.

Als dann der Möbelwagen unten stand und die Männer, unter ihren Lasten ächzend oder auch Befehle brüllend, das Haus in Angriff nahmen, die Möbelstücke, wo ich nicht rechtzeitig eingreifen konnte, nach eigenem Gutdünken verteilten, als meine Mutter von mir wissen wollte, wo sich die Spülbürsten befänden, und der Kater Paul den Willkommensblumenstrauß unserer neuen Nachbarn fraß, als Frau Löffel mir das Melken der beiden Ziegen beibringen wollte mit dem hämmernden Refrain „Volle Euter dulden keinen Aufschub" – da ging es mir so, wie es einem Dirigenten gehen muß, der schwungvoll den Taktstock erhebt und plötzlich merkt, daß er die Partitur verloren hat.

Ich stellte mich in die Küche, ließ die Arme hängen und starrte teilnahmslos in den Hühnerhof hinunter. Erst als die Packer von einem gestreiften Katzentier berichteten, das in der Ecke des Möbelwagens bequem auf der Couch mitgefahren sei und sich jetzt am Ententeich aufhalte, wurde ich wieder lebendig.

Das konnte nur der Meier sein! Sofort brachte ich Amsel die Glücksbotschaft und sah nun auch die Konfirmation nicht mehr gefährdet.

Nur das liebe Federvieh wollte unsere Freude am wiedergefundenen Kater nicht teilen. Empört versammelten sich Enten und Gänse in der Mitte des Teiches, um von dort aus, mit dem Mut der anonymen Masse und im Bewußtsein ihrer räumlichen Sicherheit, in die übelsten Beschimpfungen auszubrechen.

Noch als ich, den verdutzten Kater auf dem Arm, unserem Haus zueilte, fühlte ich mich vom Zorn der aufgebrachten Teichbewohner verfolgt.

13

Während der ersten Wochen in Hinterecken muß ich dicht unter dem Flügel eines Schutzengels für Ahnungslose gelebt haben. Selbst wenn ich der Gerechtigkeit halber einräume, daß ich meinem anfangs erwähnten Hang zur Bequemlichkeit inzwischen gründlich abgeschworen hatte, taucht doch die Frage auf, wie eine lediglich in der Kunst des Schreibens ausgebildete Frauensperson plötzlich mit den Fähigkeiten einer Bäuerin ausgestattet sein könnte?

Vermutlich handelte es sich um denselben Engel, der mich auch als unerfahrenen Haushaltsvorstand in der Stadtwohnung unter seine Fittiche genommen hatte. Diesmal tat er noch ein übriges und bescherte mir eine junge Frau aus dem Dorf, die mir bei den abendlichen Fütterungen mit Rat und Tat zur Seite stand, mir geduldig den Kunstgriff zeigte, mit dem der böse Hahn kampfunfähig zu machen war, die mir das Melken der Ziegen noch einmal beibrachte und wie man sich vor ihren Hörnern schützte, die mir bei der Säuberung des Entenhauses half und mir die Spezialschuhe besorgte, mit denen ich weniger häufig auf dem glitschigen Boden ausrutschte. Sie hieß Frau Klee. Ich behandelte sie wie ein kostbares vierblättriges Kleeblatt.

Auch Amsel ließ sich tüchtig vor den Landkarren spannen. Sie beeilte sich mit den Schulaufgaben und schenkte sogar ihrer Geige nur wenig Beachtung, um unseren Betrieb, wenn nicht gerade konkurrenzfähig, so doch wenigstens am Leben zu erhalten.

Ule, der für die zweite Oktoberhälfte einen Vertreter gefunden hatte, widmete seinen Urlaub dem Ausbau der Pferdebox und der Umzäunung unserer Wiese, auf der das zukünftige Pferd in den Sommermonaten grasen sollte. „Dadurch sparen wir uns das mühsame Rasenmähen", bemerkte er mit wichtiger Miene, um meinen Widerstand gegen das Pferd behutsam in Vorfreude zu verwandeln.

Auch Canis blieb noch einige Tage zu Hause; nicht nur, um sein Photolabor einzurichten, sondern vor allem, um sich des Hühnerstalles anzunehmen. „Der Hühnerstall ist absolut unmodern", meinte er, „es ist wissenschaftlich erwiesen, daß Hühner lieber in höher gelegenen Stockwerken ihre Eier legen. Ich werde also mehrere Etagen bauen . . ."

„. . . du liebe Zeit, Canis!" rief ich erschrocken, „wie soll ich an die Eier herankommen, wenn sie in einem Turm gelegt werden?"

„Aber Rößlein, ich baue doch keinen Turm, höchstens zwei oder drei Etagen mit eingelassenen Vertiefungen für die Nester, aus denen du mittels einer Klappe die Eier bequem herausnehmen kannst."

„Die Eier werden mittels einer Klappe dem Rößlein auf den Kopf fallen", höhnte Amsel.

„Ich fürchte, ich muß mich ohnehin schützen, wenn ich im Parterre saubermache und die Hühner hocken über mir auf ihrer Stange. Was hältst du von einem Plastikcape mit Kapuze . . ."

Canis schaute mich etwas unsicher an, doch hatte er

sich mit dem Hühnerstallprojekt bereits so angefreundet, daß seine Bastlerhände keine Ruhe mehr gaben.

Sie fabrizierten schon in den nächsten Tagen ein modernes Etablissement, von den Hühnern mit verdrehten Augen und nickenden Köpfen staunend zur Kenntnis genommen.

Doch zu meiner Erleichterung trieb diese moderne Wohnphase der Hühnergemeinschaft ganz von selbst ihrem schnellen Ende entgegen. Mit der Arroganz derer, die sich nicht dreinreden lassen, weil sie sich ihrer Unentbehrlichkeit bewußt sind, gingen die Hühner ihren beruflichen Verpflichtungen ausschließlich zu ebener Erde nach. Da es dort, nach Canis' Umbauten, keine Nester mehr gab, legten sie ihre Eier in den Hof, unter Bäume und Büsche, neben Blumen, zwischen Rhabarberblätter und Salatkräuter und wo es ihnen sonst beliebte. Interessiert verfolgten sie meine täglichen Suchaktionen, während der Hahn auf mich losging, mit geschwollenem Kamm und dem Gehabe des Anführers einer erfolgreichen Verschwörung.

Ärgerlich murmelte Canis etwas von „hirnloser Opposition", von „fortschrittsfeindlich", und machte aus dem Hochhaus wieder eine Kate.

Doch immerhin bleibt zu bemerken: Niemand in der Familie schonte seine Kräfte, ich konnte mich über mangelndes Verantwortungsgefühl für die gemeinsame Sache also nicht beklagen.

Auch meine Mutter stand mir bei, übernahm den Küchendienst, kochte wie in einer Großküche für uns und die Handwerker, schrieb Ule auf, was er einkaufen sollte.

Für mich selbst ergab sich die Rolle des Hans Dampf in allen Gassen. Mit Jeans, Gummistiefeln und alten Pullovern bekleidet, trabte ich zwischen Haus, Hühnerhof, Ziegenstall und Ententeich hin und her, und wenn das Telefon klingelte, war ich nur selten auffindbar. Um diesen Mißstand zu beheben, wurde eine Kuhglocke angeschafft, die mich unnachgiebig herbeiläutete, wo immer ich mich gerade aufhielt.

Unsere Stadttiere genossen die neu erworbene Freiheit, stromerten durch den Garten und versammelten sich zum Schluß mit Vorliebe am Ententeich, der bald, wie ein Vergnügungslokal, als allgemeines animalisches Ausflugsziel diente, zum großen Ärger der Enten und Gänse, die, wären sie Menschen gewesen, längst einen Prozeß wegen Hausfriedensbruch eingeleitet hätten.

Frieda war schnell in ihren Dachgauben heimisch geworden und begann nun, kaum im Besitz einer Wohnung mit eigenem Eingang, ein recht lockeres Leben zu führen, indem sie sich Hausfreunde anschaffte. Ob die Herren Täuberiche es ehrlich mit ihr meinten oder ob sie nur an ihrem gesicherten Lebensstandard partizipieren wollten, sei dahingestellt. Frieda war erwachsen genug, um ihren Umgang mit dem männlichen Geschlecht selbst zu gestalten. Daß sie sich um mich nicht mehr kümmerte, schien mir immerhin ein Zeichen für ihre ausgeglichene Gemütslage zu sein.

Über unserem neuen Leben, das sich trotz aller Arbeitsbelastung so gut anließ, wölbte sich Tag für Tag ein wolkenloser Himmel, hellblau und mit dem hingehauchten Dunstschleier des Herbstes.

Die großen alten Laubbäume boten schon einen etwas gezausten Anblick, auf den Wegen versanken wir in den bunten Blättern, und die vom Wind getragenen Spinnweben legten sich über unsere Haare.

Es machte mir Spaß, mit Ule durch den Garten zu schlendern. Zum erstenmal seit unserer Hochzeit hatte er Urlaub, zum erstenmal wurden wir nicht vom Telefon geplagt.

„Du bist in den letzten Monaten ganz schön eingespannt worden, Rößlein", sagte er einmal, „und du hast alles klaglos ertragen."

„So klaglos auch wieder nicht, Ule", lachte ich, „gelegentlich habe ich mich bei meinem Mütterlein ausgejammert."

„Wieso bei ihr? Schließlich bin *ich* dein Mann!"

„Aber du bist ein Mann ohne Zeit, und wenn man jammern muß, braucht man jemanden, der genügend Zeit hat zum Zuhören."

„Dann jammere doch einfach *jetzt,* ich habe Zeit und höre zu." Zufrieden zog er an seiner Pfeife.

Wir setzten uns auf das morsche Holzbänkchen am Ententeich. Hin und wieder plätscherte es leise, wenn die Blätter herunterfielen.

„Es geht uns so gut, Ule", sagte ich nach einer Weile, „die Kümmernisse haben kaum Gewicht."

„Aber es gibt sie. Und du solltest sie mir erzählen."

„So einfach ist das gar nicht. Vielleicht fühle ich mich manchmal ein bißchen unfrei, mit dem großen Privatzoo, verstehst du? Andererseits: Du wirst dir ja etwas dabei gedacht haben, als du so viele Haustiere aufgenommen hast . . ."

Ule lachte. „Du wickelst deinen Vorwurf in Seidenpapier ein, so daß er nur noch durchschimmert! Aber glaub mir, es wurde nicht ein einziges Tier aufgenommen, das nicht in Not gewesen wäre. Ich wette, du hättest es ganz genauso gemacht."

„Und die Ratte, Ule, die Rita?"

„Na hör mal, schwarzweißgestreifte Ratten sind doch zahm! Und sie war übrigens auch in Not, in einem Glaskasten ohne Schutz der Sonne ausgesetzt."

„Also gut, ich bin der Rita noch etwas böse, weil sie mich ausgerechnet am Hochzeitstag in den Ringfinger gezwickt hat. Das war wirklich nicht die feine Art von der pfeifenden Dame!"

„Aber der Ringfinger ist doch längst wieder in Ordnung?"

„Abgesehen davon, daß ich mich inzwischen fast an der gleichen Stelle verbrüht habe, ja."

„Verbrüht? Aber daran ist Rita doch unschuldig?"

„Meier-Gröffelbach ist schuld; beim Einfüllen der Wärmflasche rannte er mit voller Wucht gegen meine Beine, verfolgt von Sieglinde und Paul . . ."

„. . . also daß es so viele Tiere geworden sind, habe ich ja durch unseren Umzug aufs Land – gewissermaßen – wiedergutgemacht, da verteilen sie sich besser", bemerkte Ule, um meine Betrachtungen schnell in positive Bahnen zu lenken.

Verdutzt schaute ich ihn an. „Aber hör mal, durch unseren Umzug sind es doch noch viel mehr Tiere geworden!"

„Die neuen werden wir im Lauf der Zeit verschenken, so war das schließlich von Anfang an geplant." Er verschluckte sich fast an seiner mühsamen Bestimmtheit.

„Verschenken, Ule? Wer von uns könnte denn jemals auch nur *ein* Tier verschenken, ohne genau zu wissen, wie es ihm gehen wird und ob es nicht Heimweh bekommt? Nicht einmal den gräßlichen Hahn geben wir her, obgleich er keine Gelegenheit ausläßt, mich zu tyrannisieren. Und weißt du eigentlich, daß der Meier-Gröffelbach inzwischen sein Futter nur noch frißt, wenn man ihn streichelt und dabei ‚feiner Meier, feiner Meier' murmelt? Aber nebenbei gesagt, ich gäbe beide nicht her."

„Du hast recht, Rößlein, was machen wir nur angesichts dieser Mißstände?" Er schaute mich scheinbar besorgt an.

„Gib dir keine Mühe", lachte ich, „du fragst, was wir machen? Wir kaufen ein Pferd, und bei aller Tierliebe, vor Pferden fürchte ich mich."

„Ach das Pferd, das kannst du vergessen, das wird ausschließlich von mir, hilfsweise von Amsel, versorgt werden."

„Von euch beiden versorgt?"

„Jawohl, denn du hast wirklich genug zu tun! Und neue Tiere werden nicht mehr aufgenommen, so wahr ich Ule heiße."

„Eigentlich heißt du ja Ulrich", gab ich mit dünner Stimme zu bedenken.

Er überhörte meinen Einwand und machte mich auf den klaren Sternenhimmel aufmerksam. „Schau mal, genau über uns steht der Große Bär."

Ich seufzte tief. „Der Große Bär – schon wieder ein Tier, Ule!"

„Dann nehmen wir den anderen Namen und sagen statt Bär einfach Wagen, Rößlein, Wagen mit Deichsel, und auf dem Knick der Deichsel sitzt das Reiterlein. Das hat dann nichts mit Tieren zu tun – oder jedenfalls fast nichts."

14

Als in den letzten Oktobertagen die Renovierungsarbeiten beendet waren und die Handwerker sich verabschiedeten, deutete auch meine Mutter an, daß sie nun allmählich ihre Zelte bei uns abbrechen und wieder nach der eigenen Wohnung schauen wolle. Wir konnten sie gut verstehen, trotzdem fiel es uns schwer, sie gehen zu lassen. Ihre Art, die Schwierigkeiten eines großen Haushalts mit guter Laune und dem Selbstbewußtsein der erfahrenen Hausfrau anzugehen, gab der Familie ein wohliges Gefühl der Geborgenheit. Dazu gehörte auch ihre Angewohnheit, jeden Nachmittag um halb fünf zur Teestunde einzuladen und uns mit selbstgebackenen kleinen Törtchen zu laben. Für die Stunde vor dem Abendbrot hatte sie sich einen Stopfkorb zugelegt, mit dem sie gern hinauf zu Amsel zog, um ihr beim Musizieren zuzuhören. Amsel, unser kleiner Familienhammel, war von der neuen Großmutter begeistert. Die beiden kamen überein, daß Amsel jeden Dienstag nach der Schule bei ihr essen dürfe, um danach zum Konfirmandenunterricht und anschließend zur Mathematikstunde zu gehen.

Am ersten November frühmorgens, als auch Ule wieder zur Praxis aufbrach, sagte Mutter uns adieu.

„Ich komme, sobald ich gebraucht werde", tröstete sie mich, bevor sie ins Auto stieg und sich auf dem Hintersitz neben Amsel und deren unförmiger Schultasche niederließ.

Ule kurbelte noch einmal sein Autofenster herunter und stimmte in den Trost mit ein. „Keine Sorge, sie kann ja jederzeit abends mit mir hierherfahren. Und was die Arbeit betrifft, so hast du Frau Klee an der Seite und jetzt auch bald die nette Zugehfrau. Außerdem mußt du mittags nur noch für dich und Amsel kochen, wenn überhaupt. Canis ist auch nicht mehr da . . ."

„. . . aber demnächst kommt das Pferd, Ule!"

„Für das Pferd mußt du ja nicht kochen. Und in Empfang werde *ich* es nehmen, damit hast du nichts zu tun. Frühestens heute abend wird es gebracht."

Ich lächelte, mehr tapfer als froh, und winkte schließlich dem Wagen nach, bis er hinter den Bäumen verschwunden war.

Langsam schlenderte ich zum Ententeich, um die Tiere zu füttern und nach einer Gans zu schauen, die sich tags zuvor am Fuß verletzt hatte.

Als ich später, in Gedanken versunken und noch immer im Morgenrock, zum Haus zurückkehrte, stand dort vor der Stalltür ein Personenwagen mit Pferdeanhänger. Der Fahrer des Gefährts, ein jüngerer Mann und seinem ganzen Gebaren nach genau das, was man einen „dynamischen Typ" nennt, stieg hurtig aus, ging mir federnden Schrittes entgegen und begrüßte mich hocherfreut.

„Ein Glück, daß Sie da sind, gnädige Frau. Sie sind doch die Dame des Hauses? Ich hatte nämlich mit Ihrem Gatten vereinbart, daß ich erst heute abend übergebe. Das hat nun nicht hingehaun, terminelle Schwierigkeiten, Sie verstehen? Doch auch wir zwei beide werden die Kuh vom Eise bringen . . ."

„. . . das Pferd!" murmelte ich entsetzt.

„Natürlich, gnä' Frau, das Pferd, ha ha, Spaß muß sein.

Werden *Sie* in Zukunft dem Reitsport frönen? Als Hausfrau haben Sie ja vermutlich die notwendige Muße dazu."

„Ich fürchte mich vor Pferden. Schon als Kind bin ich allen Pferden aus dem Weg gegangen."

„Aber wer wird denn! Pferde sind oft bessere Freunde als Menschen! Alles Glück der Erde auf dem Rücken der Pferde!"

Da ich in meiner Verwirrung schwieg, brach er noch einmal in ein Gelächter aus, das offenbar begütigend wirken sollte, und machte sich sodann an die Arbeit.

Bisher hatte ich nur das rotbraune Hinterteil unseres Pferdes gesehen, mit dem langen dunklen Schweif. Jetzt wurde die Tür des Anhängers geöffnet und zu einer Art Brücke heruntergeklappt. Nach längerem Zureden erst und mit einigen Hilfen seines Herrn machte sich das große Tier rückwärts und sehr ängstlich auf den Weg in seine neue Zukunft.

Es schnaubte und warf den Kopf hoch, als es schließlich riesenhaft neben mir stand.

„Übung macht den Meister", rief der Mann und übergab mir die Zügel zum Halten. „Das ist also jetzt Ihre neue Stute ‚Finette', gut zugeritten, sensibel, ein wenig launisch, wie die Frauen eben so sind, aber ein lieber Kamerad. Sie werden entschuldigen, gnädige Frau, wenn ich mich gleich wieder verabschiede. Die Formalitäten sind bereits erledigt. Ich habe heute noch eine ziemlich lange Autotour vor mir."

„Darf ich Ihnen eine Tasse Kaffee anbieten?" fragte ich leise, innig hoffend, er möge ablehnen, denn im Haus sah es so früh am Morgen noch chaotisch aus.

Ich solle ihm nicht böse sein, er habe zuwenig Zeit,

sagte er, schöne Grüße an den Gatten, viel Spaß mit dem Pferd und wir telefonieren noch . . .

Er verabschiedete sich und fuhr davon.

Und ich stand da und hielt Finette am Zügel.

Wie immer, wenn ich mich aufregte, begann ich schnell zu sprechen, schnell und leise und mit angespannt freundlichem Lächeln, um alle guten Geister für mich zu gewinnen. „Komm Finette sei lieb und laß dich in deine Box führen sie steht für dich bereit Ule hat sich viel Mühe gegeben und du kriegst auch was Feines zu essen ..." Vorsichtig zog ich am Zügel, doch Finette rührte sich nicht von der Stelle.

Plötzlich warf sie den Kopf hoch, riß meinen Arm mit, schnaubte und begann mit dem rechten Vorderhuf energisch auf dem Boden zu scharren.

Vor Schreck redete ich noch schneller und eindringlicher. „Nun komm doch sei vernünftig mach mir keine Schwierigkeiten es sind doch nur drei oder vier Meter bis zur Box wenn ich gewußt hätte wie du dich anstellst hätte ich dich von deinem Herrchen hineinführen lassen . . ."

Finette dachte gar nicht daran, meine Bitten zu erhören. Im Gegenteil, ich hatte den Eindruck, als mache es ihr Spaß, mich durch Widersetzlichkeit zu reizen.

„Gut", sagte ich endlich mit gekünstelter Heiterkeit, „ich habe noch andere Pflichten, ich werde dich jetzt einfach anbinden."

Mit einiger Mühe gelang mir ein knotenartiges Gebilde am eisernen Griff der Stalltür. Vorsichtig stahl ich mich davon, um nicht zu guter Letzt mit einem Tritt des Hinterhufs bedacht zu werden.

Im Haus brannten noch die Lichter, trüb und sinnlos,

denn es war inzwischen taghell, die Türen standen offen, in der Diele lag ein Hausschuh von Amsel, daneben ein Hundeknochen und ein Radiergummi.

Ich fühlte mich elend.

Der Frühstückstisch in der Küche mit den leergetrunkenen Tassen, den vielen Brotkrümeln und den Marmeladenresten auf den Tellern widerte mich an. Amsel hatte, wie so oft, ihr Schulbrot vergessen.

Auf dem Boden in der Ecke, dicht an der Hühnertür, reihten sich die Katzennäpfe, halb leergefressen, daneben schimmerte eine Milchlache. Die dazugehörige Schüssel lag, in Form von zwei großen Scherben, nicht weit entfernt. Im Hof krakeelten die Hühner, aus dem Stall unten drang das fordernde Gemeckere der Ziegen herauf. Alle hatten Hunger, alle machten ihre Ansprüche geltend, zerrten an mir, als sei ich mit unsichtbaren Stricken auf Gedeih und Verderb an sie gefesselt.

Ich setzte mich auf die Eckbank, stützte den Kopf in die Hände und versuchte zu weinen.

Doch es klappte nicht. Wahrscheinlich war ich zu wütend. Wütend auf Ule, auf meine Mutter, auf Amsel, auf die Tiere, auf Hinterecken, auf das Pferd. Vielleicht auch nur auf mich selbst. Schließlich hatte ich mich ganz allein in diese vermaledeite Lage gebracht! Warum mußte ich auch unbedingt heiraten? War ich nicht von allen Seiten gewarnt worden? Hatte mir Minka nicht deutlich genug gesagt, daß Männer nicht lieben können, dafür aber um so besser ausnützen?

Sehnsüchtig dachte ich an die Zeit in meiner kleinen Wohnung im elften Stock: Schloß ich dort die Tür, so blieb sie zu, ging ich zum Fenster, so stolperte ich nicht über Futternäpfe und Scherben, schaute ich auf den

Kalender, dann stand nicht neben dem Geburtsdatum meiner Schwägerin „Tollwutspritze für Paul" oder „Wurmkur Sieglinde". Ich mußte keine Lehrer besuchen, keine Hunde festhalten, keine Pferde in Empfang nehmen und mir von ihnen den Arm ausreißen lassen, keine Ziegen melken und keine Hähne bekämpfen, und ich wurde schon gar nicht mit einer Kuhglocke herbeigeläutet! Dafür schrieb ich meine schönen Gedanken auf saubere weiße Blätter (ohne Katzenpfotenspuren), trug sie in einer schicken Mappe (in der keine Ratte saß und nagte) zum Zeitungshaus, setzte sie auf die Seite der Frau, wurde von meinen Mitarbeitern manchmal „liebe Kollegin" genannt und als eine solche geachtet ...

Die Ziegen meckerten jetzt so laut, daß ich meine Erinnerung an die höhere Vergangenheit aufgeben mußte, um in die Niederungen des Ziegenstalles hinabzusteigen. Außerdem plagte mich das schlechte Gewissen im Gedanken an die angebundene Finette.

Ich wollte gleich Ule anrufen und ihm kühl und reserviert die Ankunft seines Pferdes bekanntgeben.

Noch bevor ich meine Pläne der Reihe nach ausführen konnte, klingelte das Telefon und Amsel meldete sich.

„Mir ist furchtbar schlecht und ich habe Magenweh, kannst du mich vielleicht ganz schnell abholen?"

Ihr klägliches Stimmchen wirkte sich auf meinen Zorn so besänftigend aus, daß ich ihr versprach, in Windeseile die Ziegen und Hühner zu versorgen und sie danach heimzuholen. „Stell dir vor, das Pferd ist da", sagte ich sogar freundlich, „leider mußte ich es draußen an die Stalltür binden, da es sich weigerte, in seine Box zu gehen."

Amsel lachte laut auf, trotz Magenweh, und versicherte

mir, sie werde den Fall mit leichter Hand und ohne viel Aufhebens in Ordnung bringen.

Finette stand bis zum späten Abend an der Stalltür, denn weder Amsel noch Frau Klee kamen, im wahrsten Sinn des Wortes, auch nur einen Schritt weiter als ich. Erst Ule erreichte mühelos, was wir zu dritt gern erreicht hätten. (Psychologisch war das natürlich nicht sehr geschickt von Finette, dem Manne so unmißverständlich den Vorzug zu geben. Aber sie konnte nicht wissen – ich wußte es ja selbst nicht –, wie sehr sie in Zukunft auf mich angewiesen sein würde und daß es folglich unsere Beziehung in gegenseitigem Wohlwollen zu stabilisieren galt.)

15

Denke ich heute zurück an unseren ersten ländlichen Winter, an die zugeschneiten Stalltüren, die Schneeverwehungen und spiegelglatten Eisflächen auf den Wegen und Straßen, an die undurchsichtigen grauen Nebelwände, die das Licht unserer Scheinwerfer spurlos verschluckten, so verdichtet sich dies alles zum düsteren Hintergrund eines Bildes, das genau meiner Situation entsprach.

Hatten wir anfangs, ähnlich einem Vierspänner, gemeinsam unseren schwerbeladenen Landkarren gezogen, so sah ich mich plötzlich alleine eingespannt, angetrieben durch die Peitsche der Verantwortung für die zahllosen Geschöpfe, die meiner Fürsorge bedurften.

Dabei hatte sich gar nichts Aufsehenerregendes ereignet. Jeder war nur allmählich wieder seiner gewohnten Beschäftigung nachgegangen, in der alten Intensität und somit ohne die geringsten Zeitreserven.

Amsel, inzwischen Obertertianerin, konnte neben ihren Schulaufgaben, den Geigen- und Konfirmandenstunden nichts Zusätzliches mehr verkraften, so sehr sie sich auch darum bemühte. Canis, an einem großen Referat arbeitend, meldete sich aus Münster nur, wenn er dringend etwas brauchte. Ule versank in der Praxis, die durch den Tod eines Kollegen und dessen überwechselnde Patienten fast aus den Nähten platzte. Ohne Frau Klee und meine Putzhilfe Fräulein Seide (sie war aber nicht aus Seide, sondern handfest und zupackend) hätte ich den Familienbetrieb Cannebor, Hinterecken Nummer 8, schließen müssen.

Ich schloß ihn nicht, sondern erweiterte notgedrungen meinen Pflichtenkreis – indem ich reiten lernte!

Die Erklärung hierfür ist denkbar einfach: Finette mußte bewegt werden. Zuerst bat mich Ule: „Tu du es heute doch mal ausnahmsweise", dann ließ er das Wörtchen „ausnahmsweise" weg, und schließlich sprach er gar nicht mehr darüber, weil er, nicht ganz zu Unrecht, das Thema „Pferd" als ein heißes Eisen empfand. Daß ich Finette unter der Anleitung von Frau Klee auch fütterte und striegelte, ihren Stall säuberte und sie rechtzeitig zum Schmied führte, war längst zum ungeschriebenen Gesetz geworden. In der Kunst des Reitens – soweit es das Winterwetter zuließ – unterwies mich freundlicherweise der Ehemann von Frau Klee, ein ruhiger und geduldiger Mensch, der mich allein schon dafür lobte, daß ich nicht gleich bei den ersten Schritten des Pferdes hinabfiel, sondern mir immer ein wenig Zeit ließ.

Nun gesellte sich zu meiner abendlichen Erschöpfung auch noch ein gewaltiger Muskelkater, angereichert durch die Schmerzen, die von den Prellungen herrührten . . . Ule und Amsel betrachteten mich verwirrt und auch besorgt, wenn ich mich abends ächzend durch die Räume bewegte. Doch beide hüteten sich vor spöttischen Bemerkungen, da sie wohl ahnten, wie es um meine Stimmung bestellt war.

„Wir werden Finette wieder verkaufen müssen", ließ sich Ule eines Abends vernehmen, und er schaute mich dabei so verzweifelt und auf Widerspruch hoffend an, daß er mir leid tat.

„Nein, nein, laß nur", sagte ich großmütig, „ich werde auch das noch verkraften."

Sein schlechtes Gewissen beruhigte mich. Es war die gerechte Strafe für alles, was er mir antat.

Dabei wäre ich, wenn ich meinen Zorn einmal zur Seite geschoben und etwas genauer in mich hineingeleuchtet hätte, vermutlich schnell darauf gekommen, daß ich meine derzeitige Situation, trotz aller Mühseligkeiten, niemals mehr mit der früheren hätte vertauschen wollen; nicht nur, weil ich an meiner Familie hing, sondern weil ich so sehr gebraucht wurde und mit jedem Handgriff sichtbar dazu beitragen konnte, Leben zu erhalten und ein gewisses Maß von Zufriedenheit, vielleicht sogar Glück, in meiner Umgebung entstehen zu lassen. Und nicht zuletzt hätte ich erstaunt zur Kenntnis genommen, daß die Reiterei mir Spaß zu machen begann.

Doch ich schob meinen Zorn nicht zur Seite, und ich sprach auch mit Ule nicht darüber. So einfach sollte er es nicht haben, nachdem er mich nach Hinterecken versetzt und zur Landpomeranze gemacht hatte, zu einer, die sich ihre wärmenden Textilien aus Katalogen bestellte, die nur noch Schuhwerk, aber keine eleganten Schuhe mehr trug, die nach Pferdestall roch, mit Hühnern und Ziegen häufiger sprach als mit Menschen und nicht einmal mehr die Tageszeitung las, geschweige denn zum geistigen Wohle der Frauen selbst darin schrieb.

„Ich habe dich gewarnt", sagte Minka, mit der ich gelegentlich telefonierte, „Gleichberechtigung ist für die Männer noch immer ein Fremdwort, das sie gerne gebrauchen, um damit auf die Höhe ihrer Zeit zu klettern und von dort gönnerhaft herabwinken zu können. Unten stehen die Ehefrauen und winken begeistert zurück, aber erst nach Feierabend, versteht sich, wenn sie ihre Familie zu deren voller Zufriedenheit bedient haben."

Ich wußte, daß Minka nicht recht hatte. Doch diesmal widersprach ich ihr nicht, sondern richtete mit Genugtuung mein Augenmerk auf die Schuld der andern, um selbst desto deutlicher die Konturen eines Opferlammes anzunehmen. So sehe ich das heute.

Ich ging umher wie ein Wolf im Schafspelz und wartete gespannt auf die nächste Verfehlung meiner Umwelt, um dann in heiligem Zorn reagieren zu können. Die Verfehlung ließ nicht lange auf sich warten.

Zwei Tage vor Weihnachten, am zweiundzwanzigsten Dezember, besuchte uns abends ein Ehepaar, dessen Reitpferde schon seit Jahren von Ule behandelt wurden. Als Gastgeschenk brachten sie, „statt Blumen, weil Sie eine so tierliebe Familie sind" – einen kleinen Affen mit.

„Sie tun ein gutes Werk", plapperte die Dame, „denn mein Mann entdeckte ihn im viel zu kleinen Käfig einer Zoohandlung. Er saß völlig apathisch da, die Lebensfreude wie weggeblasen."

„Es ist nur ein Meerkätzchen", flüsterte Ule mir schreckensbleich zu, weil er hoffte, mit dieser abmildernden Bezeichnung der Tierart mein verbissenes Schweigen wenigstens zu einem herben „Danke schön" auflockern zu können. Doch ich preßte nur leise hervor: „Hoffentlich schleppt man uns nicht eines Tages noch Krokodile und Elefanten ins Haus" und streichelte schnell den Hund am Boden, um die Betroffenheit der Gäste nicht mit ansehen zu müssen.

Selbstverständlich war der Abend verdorben.

Völlig verschüchtert hockte das Äffchen im Erker und preßte beide Hände fest vor die Augen. Ein Bild der Hilflosigkeit und des Jammers, das seine Wirkung auf mich nicht verfehlte. Und gerade das machte mich noch wütender. So ist es immer, dachte ich; die Leute, die dauernd davon reden, was sie alles für die Rettung der Tiere tun wollen, legen im Ernstfall höchstens einen Geldschein hin – dafür rechnen sie mit unserem Mitleid und nutzen es aus. Ich spürte, wie sich mein aufgespeicherter Zorn an die Oberfläche zu wühlen begann. Als der Affe den Teppichboden mit einem Bächlein tränkte und unser Gast das mit der geistreichen Bemerkung „Tja, sind nun mal Urwaldbewohner" kommentierte, da platzte ich zum erstenmal, zwar (im Vergleich zu meiner Wut) immer noch gemäßigt, um Ule nicht so arg zu blamieren, aber ich platzte.

„Halten Sie denn unser Haus für einen Urwald? Außerdem werden die bedauernswerten Geschöpfe nur deshalb importiert, weil es immer wieder Käufer gibt!"

„Nanu, warum so streitbar?" lachte der Herr etwas zu laut. „Im Prinzip haben Sie ja recht, aber damit ist speziell diesem armen Geschöpf, übrigens ein Mädchen, nicht geholfen, das werden Sie mir doch zugeben!"

„Ja, aber . . ."

„Sehen Sie, wir haben einfach keine Möglichkeit, es zu behalten. Aber ich kann natürlich versuchen, den Zoo dafür zu interessieren, oder ich bemühe mich um andere Pflegeeltern . . ."

„Nein, nein", beeilte sich Ule, der gequält dreinschaute, „meine Frau ist zur Zeit sehr überlastet, man muß ihre Reaktion verstehen. Wir werden schon irgend etwas unternehmen. Vorerst vielen Dank jedenfalls."

Als sich die Gespräche zu Ende geschleppt hatten und die Gäste, recht früh, gegangen waren, nahm Ule die neue Hausbewohnerin auf den Arm und brachte sie zum Schlafen in meine warme und gemütliche Bügelkammer. Ihr Köpfchen lag auf Ules Schulter. Wie ein kleines Kind schaute sie mich an, vertrauensvoll und furchtbar müde. Wie gern hätte ich sie gestreichelt und ihr ein weiches Lager zurechtgemacht! Aber ich konnte nicht aufgeben. „Wenn du deine Meerkatze zu Bett bringst, vergiß nicht, ihr ein Schlaflied zu singen", zischte ich hinter ihm her.

„Aber Rößlein, nun bleib doch mal auf dem Teppich. Nach Weihnachten, wenn im Zoo wieder genügend Personal Dienst tut, geben wir sie dort ab. Du hättest nicht so böse sein sollen. Ich habe mit den Leuten oft zu tun. So ein teures Geschenk ist außerdem ungewöhnlich."

„Da hast du sehr recht, Ule, *ungewöhnlich,* das ist das passende Wort für die Ideen deiner Gäste! Und glaub nur nicht, daß wir den Affen je wieder hergeben. Der bleibt genauso bei uns wie all die Löffelschen Tiere, die wir – ausgerechnet *wir* – verschenken wollten. Und dann auch noch die Sache mit dem Schließmuskel. Ich habe mal gehört, Affen hätten den nicht. Da er ohnehin eines Tages im Bett schlafen wird, können wir uns gleich auf einen Bettnässer einstellen. Und wer kauft die vielen Apfelsinen und Bananen? Und wo? Vielleicht auf dem Supermarkt von Hinterecken?"

Als Ule wieder herunterkam, beteuerte er noch einmal: „Wir geben das Affenmädchen bestimmt wieder ab." Und leise, nur für sich selbst bestimmt: „Aber nett ist so ein Äffchen *doch*!"

Schweigend stellte er die Gläser in der Küche zusammen, leerte die Aschenbecher, während ich das übriggebliebene Gebäck in der Speisekammer verstaute.

Dann gingen wir hoch, sehr abgekämpft und verstört. Zum erstenmal sagten wir uns nicht gute Nacht.

16

Von Würzburg an saß ich mit der älteren Frau allein im Zugabteil.

Sie häkelte an einer rotbeigegestreiften Weste, hielt das Machwerk ab und zu hoch, um die Regelmäßigkeit der Maschen zu überprüfen, häkelte weiter. Ich fand die Farbzusammenstellung scheußlich.

Die aufdringliche weiße Mittagssonne leuchtete den kleinen Raum bis in den letzten Winkel aus, nahm jeden einzelnen Gegenstand unter die Lupe: die Photographie vom Königssee (was wäre ein Zugabteil ohne die Photographie vom Königssee?), den kleinen rechteckigen Spiegel, die Häkelnadel, den fadenhaltenden Zeigefinger, die Wollmaus am Boden.

„Fahren Sie auch nach München?" fragte die Frau, während sie Rot und Beige aneinanderknotete.

„Ja."

„Kaum noch jemand unterwegs, so kurz vor Weihnachten."

„Ja, angenehm leer der Zug." (Hätte ich mich doch bloß nicht im Abteil umgesehen, sondern weiter in die triste Winterlandschaft gestarrt, dann bliebe ich jetzt verschont . . . Aber sie hatte mich schon am Wickel.)

„Herrlich, wenn man eine Familie besitzt, zu der man heimfahren kann! Sie fahren doch sicher zu Ihrer Familie?"

„O doch, ja."

„Kinder?"

„Zwei Kinder, aber schon älter."

„Jedes Alter hat seine Sonnen- und Schattenseiten", philosophierte die Frau, legte das Häkelzeug auf den Schoß und gähnte ausgiebig. „Wie alt, wenn ich fragen darf?"

„Vierzehn und zwanzig."

„Da brauchen sie ihre Mutter noch, das können Sie mir glauben! Und wenn sie sich noch so selbständig nach außen hin geben, hier innen", und dabei stach sie sich mit der Häkelnadel auf die Brust, „hier innen verbirgt sich Unsicherheit."

„Das mag schon stimmen."

„Gute Frau", fuhr sie fort, „ich habe selbst Kinder großgezogen, ich weiß ein Lied, ach was: eine ganze Oper weiß ich zu singen über die Berufsbranche der Mutter! Aber Sie haben ja sicher auch Erfahrung. Na, da werden sich Ihre Lieben aber freuen, wenn die Mutti jetzt heimkommt. Geschäftsreise?"

„Nein, ich mußte eine ältere Verwandte besuchen." (Wenn die wüßte, daß ich meiner Familie davongelaufen bin, einen Tag vor Weihnachten, um mich bei einer Tante in München auszuweinen . . .) Mir war entsetzlich elend zumute.

„Ja, die alten Leute, ein enormes Problem heutzutage."

Sie redete und häkelte, sie sah nicht hoch und nahm daher meinen abwesenden Gesichtsausdruck nicht wahr. Ob Frau Klee rechtzeitig daran denkt, das Katzenfutter aus der Tiefkühltruhe zu holen? Ob sie den Meier-Gröffelbach sorgfältig nach Zecken abtastet? Er wird immer so sehr von ihnen geplagt. Ob sie die Ente mit dem verletzten Flügel entdeckt?

Amsel bleibt heute bei Susi, will erst abends nach Hause kommen. Hoffentlich hat die Mathearbeit geklappt ...

Canis ist zum Skilaufen in die Berge gefahren, er wird nicht genügend warme Socken dabeihaben.

Was macht Ule wohl jetzt im Augenblick? Operationsfäden ziehen, Spritzen geben, Lunge abhören, was sonst? Immer wieder Ule. Meine Gedanken umkreisen ihn, bleiben hängen, obgleich ich sie dauernd zurückziehen möchte. Merkwürdigerweise sitze ich hier in einem Zug; ich fühle mich auseinandergerissen. Meine zerstrittenen Gefühle können sich offenbar nicht einigen, wo ich hingehöre. Jedenfalls nicht in diesen Zug hier, so viel ist mal klar. In der Küche liegt ein Brief an Ule. So ungefähr:

Lieber Ule, ich habe mich kurz entschlossen in einen Zug nach München gesetzt. Ich brauche Abstand von euch. Sei mir nicht böse, aber ich weiß mir nicht anders zu helfen. Es kann doch nicht mein Lebensinhalt sein, Ratten und Affen zu füttern? Ich werde die Probleme mit deiner Tante Herta besprechen. Sie ist objektiver als meine Mutter oder Minka, und wir haben einmal abgemacht, daß ich mich an sie wenden darf, wenn es Kummer gibt. Ich habe mit ihr telefoniert, sie erwartet mich, und ich kann auch – wenn es sein muß – über Weihnachten bei ihr bleiben. Heute früh rief ich in deiner Praxis an, um es dir zu sagen. Leider warst du an einer Operation und nicht abkömmlich. *Ich* bin immer abkömmlich, seit ich keinen Beruf mehr ausübe. Die Abkömmlichen sind die Wertlosen, wußtest du das? Die meisten Hausfrauen dieser Welt gehören dazu. Jede Haushaltshilfe kann mich mühelos ersetzen, kann Geschirr in die Spülmaschine räumen, Betten machen, Katzenkästen leeren, Ziegenstall ausmisten, Affen hüten. Um diese Dinge zu betreiben, hätte ich mir mein Studium sparen können. Ich habe das vorher gewußt, natürlich. Was ich nicht wußte, gar nicht wissen konnte: daß man sich auf die Dauer nicht selbst verleugnen darf, daß man die eigene Person und die eigenen Interessen nicht vollständig zurücknehmen kann, als gäbe es sie nicht! – Frau Klee und Fräulein Seide versorgen alles bestens. Zu deiner Information: Ich habe ihnen gesagt, ich führe nach München zu Tante Herta, die erkrankt sei. Ich finde, sie brauchen die Wahrheit nicht zu erfahren. Hab du mit Amsel, trotz allem, ein gutes Weihnachtsfest! Dein arg angeschlagenes lahmes Roß.

Ule wird heute abend, wenn er den Brief vorfindet, sehr müde sein. Ich hätte ihn nicht schreiben sollen, ein Zettel wäre besser gewesen und ein Anruf.

Vielleicht kommt er erst nachts heim. Jedenfalls zusammen mit Amsel. Sie könnte Hawaii-Toast machen, aber es ist kein Schinken mehr im Kühlschrank.

Ule wird zunächst denken, ich hätte den Verstand verloren. Dann kommt er nach München gebraust und holt mich; natürlich nur, wenn nicht irgendein Goldhamster fiebert ... Das Äffchen, wenn ich ehrlich bin, war heute früh hinreißend, so verspielt und kuschelig wie ein kleines Kind. Erst wollte es meine Haare untersuchen und anschließend mit der Katze (war es Sieglinde?) Nachlauf spielen. Ule hat das Äffchen schon ins Herz geschlossen, ich weiß es. Ich bin doch nicht eifersüchtig? Auf eine Äffin? Lächerlich. Vielleicht kann *sie* eines Tages Haus und Garten versorgen. Für ein Affengehirn genau das richtige ...

„... Altersheim? Will sie nicht in ein Altersheim?"

Verstört blicke ich meine Mitreisende an. Sie hat mich etwas gefragt. Ihr Häkelzeug liegt auf dem Schoß.

„Will Ihre Verwandte nicht in ein Altersheim?" fragt sie noch einmal.

„Nein, ich glaube nicht."

„Man kann es verstehen. Im Altersheim werden sie dauernd an das Sterben erinnert, die alten Leute, man kann es gut verstehen."

Beruhigt häkelt sie weiter. Dann erzählt sie von ihrem Sommerurlaub in Jugoslawien. Sehr beständig das Wetter, ohne Raffinesse leider das Essen, nein, die wissen dort gar nicht, welche Qualitäten wir hier gewohnt sind, was wir beanspruchen können für unser gutes Geld. Nein, der Sinn für die Qualität fehlt, die sollten mal ein deutsches Steak sehen (sie schnalzt mit der Zunge). Und auch sonst läßt der Komfort zu wünschen übrig. Na ja, für drei Wochen geht das mal. Hauptsache, das Wetter stimmt und die Sauberkeit, selbstverständlich, die Sauberkeit und die Hygiene . . .

Wieder träume ich weg. Ule operiert seine Tiere. Oft sind es angefahrene oder mißhandelte Tiere mit inneren und äußeren Verletzungen, die sehen schlimm aus. Er leistet Schwerarbeit, aber er hat keine großen Ansprüche. Er ißt, was auf den Tisch kommt, und findet es immer gut, sogar das Angebrannte. Wenn nichts auf den Tisch kommt, weil ich keine Zeit hatte zu kochen, macht er sich ein Brot und findet es auch gut. Er braucht in den Ferien kein strahlendes Wetter. Hauptsache, er kann ausschlafen. Nach Jugoslawien will er nicht fahren. Die Tiere in den südlichen Ländern machen ihm zu schaffen. Auch die südlichen Inseln meidet er. Es gibt dort zu viele herrenlose Hunde, wilde Hunde, schwach und verhungert, mit eitrigen Wunden. Man kann sie nicht mit nach Hause nehmen, weil sie nicht über die Grenzen gelassen werden. Sie finden sich bei den Touristen ein und jammern nach Futter, sind dankbar für gute Behandlung und laufen, wenn ihr Wohltäter abreist, hinter seinem Auto her, solange sie können.

„Empfinden Sie das gleiche Mitleid eigentlich auch für notleidende Menschen?" wird er gelegentlich von den Mißtrauischen gefragt.

„Natürlich", sagt Ule, „aber die selbstverständliche Verpflichtung, notleidenden Menschen zu helfen, schließt doch nicht aus, daß auch den Tieren geholfen werden muß, oder wie denken Sie darüber?" (Der andere schweigt, weil er gar nichts denkt.)

Oft unterhält er sich mit Amsel über die Frage, ob Gott auch die Tiere mag? In der Bibel steht darüber sehr wenig; ein biblischer Satz heißt: ‚Der Gerechte erbarmt sich seines Viehs, aber das Herz des Gottlosen ist unbarmherzig.' Und wie ist das mit den Schlachthäusern? Amsel hat in der Schule einen Film gesehen, die Eltern waren empört, aber nicht über den Inhalt des Filmes, sondern über die seelische Grausamkeit den jungen Menschen gegenüber. Schweine werden mit den Hinterbeinen an den Förderbändern aufgehängt, sie schreien fürchterlich, ehe der Todesschuß sie erlöst aus ihrem Schweineleben.

„Ob es wohl stimmt, daß Jesus selbst Fleisch gegessen hat?" Amsel will auch immer wieder wissen: Darf man zu den „geringsten Brüdern", von denen Jesus spricht, die Tiere zählen?

„Was meint denn dein Pfarrer zu dieser Frage?"

„Er meint, für den Franz von Assisi sei das Tier die Bruderkreatur gewesen und man könne gerade ihm am allerwenigsten nachsagen, er habe über seiner Liebe zu den Tieren die Menschen vergessen."

„Weißt du, Amsel", hatte Ule daraufhin gesagt (wie genau ich mich erinnere!), „vielleicht ist das *Objekt* unserer Liebe gar nicht so entscheidend, sondern daß wir *überhaupt* lieben, nicht nur uns selbst, und daß wir alle diese guten Empfindungen in Hilfe umsetzen, wo es nottut, ganz gleich, von welcher Seite wir das Leben zu fassen bekommen."

„Nicht nur uns selbst" – ein Satzfetzen, der jetzt wie ein grauer Ball durch meine Träume fliegt, schwer zu erkennen, aber immer in Bewegung. Ich muß ihn fangen, weil die Spielregel es so will. Doch er fliegt zu hoch und ist auch so farblos! Ich hetze mich ab und schaffe es doch nicht, ihn zu erwischen; entweder ich komme zu spät oder ich greife daneben. Am liebsten möchte ich aufgeben. Was interessiert mich der graue Ball? Auf einmal ist es Ule, der ihn wirft, und er wirft ihn so niedrig, daß ich ihn fangen könnte, den leuchtend bunten Ball . . .

„Hör zu, Ule", sage ich bockig und lege die Hände auf den Rücken, „das mit der beliebigen Seite des Lebens ist ja schön und gut, aber du hast mich vor die *Breitseite* des Lebens gestellt! Sie ist mir zu breit, verstehst du?"

„Brauchst nur endlich die Hände vom Rücken zu nehmen und die dicke Jacke von Selbstmitleid auszuziehen, dann hast du mehr Bewegungsfreiheit!"

„Ich habe schon viel für euch getan, Ule!"

„Für *euch*, für *euch*. Warum setzt du dich nicht mit dazu, auf unser gemeinsames Schiff? Zusammen läßt sich doch so viel erreichen . . ."

„In wenigen Minuten erreichen wir München Hauptbahnhof." Eine Frauenstimme im Lautsprecher. Ich schrecke hoch.

Der Zug rattert schon durch die Vororte. Reklame an kahlen Hauswänden, geschlossene Schranken, eine Autoschlange, dazwischen Motorräder. In der Ferne krabbeln an einem winzigen Hügel Kinder mit Schlitten. Die Sonne sticht nicht mehr so, sie ist milder geworden.

Meine Mitreisende hält über ihrem Häkelzeug ein Nikkerchen. Ich war ihr kein guter Gesprächspartner.

„Hallo, Sie müssen aufwachen, wir sind gleich da!"

Sie blinzelt, streicht sich über das geordnete Haar.

„Ach, vielen Dank, jetzt war ich doch wahrhaftig eingenickt, wie die Zeit vergeht!"

Nervös wühlt sie in ihrer Einkaufstasche, zieht endlich eine blütenweiße Serviette hervor, wickelt die Handarbeit darin ein und verpackt sie sorgfältig in einem rechteckigen Handarbeitskorb. Sie erhebt sich etwas schwerfällig, klopft ihren sauberen Rock noch sauberer, zieht einen dunkelblauen Mantel an, auf dem kein einziges Katzen- oder Hundehaar zu entdecken ist. Dunkelblau ist bei uns unmöglich, weil man alles darauf sieht, vor allem die weißen Haare von Sieglinde. Und gerade sie ist so kontaktfreudig, will hochgenommen und gestreichelt werden, die kleine kugelrunde Katze . . .

„Ich wünsche Ihnen von Herzen ein gesegnetes Fest", sagt die Frau, als wir hintereinander im engen Gang stehen und darauf warten, daß der Zug hält.

„Danke, das wünsche ich Ihnen auch – fröhliche Weihnachten." Fröhlich – ein Wort, das mich stört wie eine Leuchtfarbe.

Leise, als müsse er seine Ankunft verheimlichen, schleicht sich der Zug in die Bahnhofshalle ein. Meinetwegen könnte er noch lange schleichen, ohne anzuhalten. Es lohnt nicht, sich den Hals zu verrenken, um nach einem bekannten Gesicht auf dem Bahnsteig zu spähen. Niemand erwartet mich dort. Ich bin nicht gespannt und aufgeregt wie sonst in den letzten Sekunden einer Reise, ich denke nur: Es ist alles ein verrückter Zufall.

Auf dem überfüllten Bahnsteig werde ich von rudernden Armen, von ausschlagenden Koffern und Taschen bedrängt und geschoben, als hätte ich kein eigenes Ziel. Die Leute keuchen dem Weihnachtsfest entgegen, blikken starr geradeaus, als gäbe es nur eine Dimension. Was aus dem Lautsprecher in verebbenden Tonwellen zu mir herüberweht, kann ich nicht verstehen, weil bayrische Mundart sich mit technischer Unzulänglichkeit mischt.

Die Telefonzellen sind besetzt, Gott sei Dank, was sollte ich Ule auch sagen?

Ich muß mich links halten, um zur S-Bahn zu gelangen. Tante Herta wohnt in Obermenzing, Eglofstraße. Sie hat mir alles genau erklärt, ich finde den Bahnsteig mühelos und könnte sofort in den schon bereitstehenden Zug einsteigen.

Doch irgend etwas stimmt nicht. Zahllose Menschen haben sich zu einer Traube formiert, die das letzte Abteil des letzten Waggons bedrängt. Dort, im „Abteil für Kinderwagen und Tiere", liege ein ausgesetzter Hund, „a Bastard, aber liab", der schon seit mehreren Stunden mitführe und jetzt der Polizei übergeben werden solle, sagt mir ein Mann mit Rucksack und Tirolerhut, der sich mit Hilfe seines respektgebietenden Wanderknüppels aus der Traube gelöst hat. Dann meldet sich auch schon die Stimme aus dem Lautsprecher, ohne Punkt und Komma, doch diesmal etwas näher und daher besser zu verstehen.

„Bitte zurücktreten der Zug rückt vor damit der näxte Zug nicht von hinten auffahrt die Verzögerung wird bald behoben sein Ende der Durchsage."

Noch bevor der näxte Zug von hinten auffahren kann, tauchen zwei Polizisten auf und springen in das Abteil für Kinderwagen und Tiere.

Als sie wenig später wieder herauskommen, mit einem abgemagerten großen schwarzen Hund am Strick, löst sich das Menschenknäuel in Sekundenschnelle auf, und nichts weist mehr auf den Zwischenfall hin. Nur die beiden Polizisten stehen etwas ratlos da, schauen auf den Hund, der sich dicht an sie herandrängt, und denken darüber nach, was als nächstes zu tun sei. Auch ich denke darüber nach und verpasse die Abfahrt des Zuges. Das Tier hat den Körperbau und die Kopfform eines Schäferhundes, die Ohren und das gleichmäßig dunkle Fell möglicherweise eines Dobermanns. Sein gutmütiges Gesicht mit den braunen Augen wirkt verstört, fast entsetzt.

Ich schlendere, scheinbar zufällig, nahe an dem Grüppchen vorbei: der Hund schaut mich einen Moment an, nimmt mich jedoch kaum wahr, weil die Angst ihn gefangenhält. Und was ich als besonders schlimm empfinde: Die Angst kann ihn zu Recht bedrängen! Er ist nicht mehr jung, ich schätze zehn oder elf Jahre alt, er wird die restlichen Jahre seines Lebens im überfüllten Münchener Tierheim zubringen – es sei denn, ich nehme ihn mit zu mir, zu uns, nach Hinterecken. Und schon spreche ich die Polizisten an und bitte sie, mir den Hund zu überlassen, da mein Mann Tierarzt sei, wir ein großes Haus mit Garten besäßen und es auf ein Tier mehr oder weniger nun wirklich nicht ankomme. Im Gegenteil, ein großer Hund fehle uns noch in der Sammlung.

„Da legst di nieda!" staunt der ältere der beiden, und der jüngere meint: „Des g'fallt mir."

Ob sie – „pro forma, junge Frau, und nix für ungut" – meinen Personalausweis sehen dürften?

„Selbstverständlich", sage ich eifrig, „Ordnung muß sein, und es ist gut, daß Sie den Hund nicht jedem x-beliebigen anvertrauen." Ich zeige ihnen meinen Ausweis und ein Rezept von Ule, um meine Identität zu befestigen.

„A Weiberl is a!"

„Ich habe nicht verstanden . . .?"

Der ältere nimmt Haltung an und übersetzt: „Mein Kollege meint, daß es sich bei besagtem Hund um eine Person weiblichen Geschlechts handelt."

„Ah, natürlich, ich verstehe, ein Hundemädchen; also dann werden wir uns mal auf die Reise machen, wir zwei Weiber." Ich übernehme den Strick und verabschiede mich mit Handschlag.

„Die Schnur derfen s' als G'schenk von der Münchner Polizei betrachten, und kommen s' halt guat heim mitsamt dem Riesenviech!" Ein kurzer Gruß – sie tippen mit dem Zeigefinger gegen die Mütze –, und die beiden freundlichen Männer tauchen in wenigen Sekunden im Menschengewimmel unter.

„Und was machen wir jetzt, Riesenviech?"

Sie schaut zu mir hoch, drängt sich dicht an mich heran, wedelt zaghaft mit dem langen Schwanz.

Ich streichle und klopfe behutsam ihren mageren Körper. „Du wirst es jetzt gut haben, das versprech' ich dir. Wir mögen euch Tiere nämlich gern, wir Cannebors. Und ich bin in der glücklichen Lage, meinen Mann nicht vorher fragen zu müssen, ob ich dich mitbringen darf. Ule hat dafür gesorgt, daß wir auch für dich genügend Platz haben, Ule ist einfach prima. Meine kleine Wohnung im elften Stock hätte nicht ausgereicht für uns zwei, beziehungsweise drei, mit meiner Taube Frieda, wie gut, daß ich dir erst jetzt begegnet bin . . ."

So schwatze ich auf sie ein, um meine Aufregung in irgendeine Bahn zu lenken, während sie immer eifriger mit dem Schwanz wedelt und mich anschaut, mit dicken Sorgenfalten auf der Stirn, als wollte sie sagen: Ich bemühe mich redlich, dich zu verstehen, doch vorläufig habe ich noch Übersetzungsschwierigkeiten.

„Wir werden uns jetzt einen Zug nach Frankfurt aussuchen und zwei Fahrkarten kaufen, dann bei Ule und Tante Herta anrufen, und schließlich müssen wir etwas essen und trinken; es ist immerhin schon nach zwei Uhr mittags, und wir sind hungrig."

Sie ist einverstanden und trottet fortan geduldig neben mir her.

Bis zum nächsten Zug um fünfzehn Uhr sechzehn haben wir eine gute Stunde Zeit.

Die Telefonhäuschen sind, wie immer, besetzt. Ich kann es kaum erwarten, mit Ule zu sprechen. Er wird noch in der Praxis sein und natürlich keine Ahnung haben, wo ich mich befinde. Vor mir steht ein kleiner dunkelhaariger Mann, den ich für einen Italiener halte. Er lächelt mich an, ich lächle zurück, er fragt in gebrochenem Deutsch, ob er den Hund wohl streicheln dürfe?

„Aber ja", sage ich leise, weil ich meiner Sache nicht ganz sicher bin.

Und jetzt geht eine wahre Redesalve auf italienisch über den Hund hin, in der immer wieder ein Wort auftaucht, dessen Sinn im Zusammenhang ich nicht verstehe, das aber vertraut, ja tröstlich klingt. Das Wort heißt „robusti".

Bis heute weiß ich nicht, was der kleine Italiener unserem Hund erzählt hat. Sicherlich war es aber etwas Schönes, Stärkendes, vielleicht ein guter Wunsch.

„‚Robusti' sollst du heißen", sage ich feierlich, und der kleine Italiener, der meinen Ausspruch nicht versteht, nickt zustimmend und streckt mir die Hand zum Abschied hin, denn fast gleichzeitig werden zwei Telefonhäuschen frei.

Da Mittagszeit ist und Ules Assistentinnen noch ihre Pause haben, gerate ich sofort an Ule selbst.

„Hallo Ule!"

„Rößlein?"

„Ja, ich bin's."

„Wo steckst du? Es ist laut im Hintergrund . . ."

„. . . ach – mir fiel zu Hause die Decke auf den Kopf, du weißt ja, wegen gestern und überhaupt. Ich bin ein bißchen weggefahren, erzähl' dir später alles ausführlich. Um neunzehn Uhr zweiundzwanzig heute abend kommen wir in Frankfurt wieder an. Ich habe zwar mein Töff am Bahnhof stehen, aber trotzdem wäre es schön, wenn du uns abholen könntest!"

„Wieso denn ‚uns', wen bringst du mit?"

„Robusti, eine große abgemagerte Hündin, ausgesetzt in einem Waggon . . ."

„. . . Rößlein!"

„Ja, Ule?"

„Ist das wirklich wahr?"

„Wenn ich es dir doch sage; sie steht hier neben mir, hat sich mit mir ins Telefonhäuschen gezwängt."

Nach einer kurzen Pause fragt Ule: „Hast du das nur *mir* zuliebe getan, Rößlein?" Seine Stimme klingt rauh, wie immer, wenn eine leise Angst mitschwingt.

„Nein, ganz allein *mir* zuliebe, wenn auch vielleicht ein bißchen von euch angesteckt. Und ich muß dir sagen, daß ich dir dankbar bin."

„Dankbar wofür?"

„Daß wir das große Haus haben und den Garten, und daß ich Robusti einfach mitbringen kann, wenn ich es für notwendig halte."

„Du glaubst gar nicht, wie ich mich freue."

„Über Robusti?"

„Über dich. Und über Robusti natürlich auch."

„Holst du uns ab heute abend?"

„Klar, du alter Ausreißer. Aber ich muß dir auch noch schnell einen Familienzuwachs beichten."

„Den Affen? Na, von dem weiß ich ja. Übrigens, Frau Klee hütet ihn. Ule, ich werde bei den Leuten, die ihn uns geschenkt haben, anrufen und mich entschuldigen."

„Nein, nein, ich meine ja gar nicht den Affen, sondern Susi."

„Susi? Warte mal, Ule, ich muß noch ein Markstück in den Schlitz stecken, sonst werden wir unterbrochen. So, jetzt erzähl weiter."

„Ihre Mutter ist seit heute früh wieder in der Psychiatrischen Klinik und diesmal wahrscheinlich für längere Zeit. Die beiden Mädels riefen mich von der Schule aus an, haben's erst in Hinterecken versucht, dich aber nicht erreichen können. Die Weihnachtszeit ist für die Depressiven ja immer so eine Hürde ... Na, jedenfalls kann man das Mädchen nicht allein zu Hause sitzen lassen."

„Natürlich nicht. Bin mal gespannt, wie sie unsere

Weihnachtsfeier aufnimmt. Susi und eine bürgerliche Weihnachtsfeier!"

„Sie wird es genießen, glaub' ich. Aber ob sie das zugibt, ist eine andere Frage."

„Vielleicht ist es auf die Dauer auch ermüdend, immer zu protestieren und gegen den Strom zu schwimmen. Ule, ich muß Schluß machen, nur noch zehn Pfennig und schon rot ..." Ein hartes Rasseln, und die Verbindung ist unterbrochen.

Robusti will hinaus, sie ist unruhig. Wahrscheinlich quälen sie Durst und Hunger. „Du kriegst gleich was, Robusti, aber ich muß ganz schnell noch Tante Herta Bescheid sagen."

Tante Herta ist sofort am Apparat, weil sie sich schon gesorgt hat. Atemlos erkläre ich ihr die neue Situation und entschuldige mich für die überraschende Wendung der Dinge.

„Da gibt es gar nichts zu entschuldigen, mein Liebes, du hast die beste Lösung gefunden. Besser als alles, was ich altes Weiblein dir hätte raten können. Gib dem Hund einen Kuß zwischen die Ohren, hörst du? Und ruf kurz an, wenn ihr wieder daheim seid."

„Ich versprech' es dir. Und danke, daß du mich hast kommen lassen. Adieu, Tante Herta!"

„Adieu, Rößlein."

Robusti zerrt mich hinaus, sie winselt leise. Die Leute schauen mich verwundert an, weil der Hund kein Halsband trägt und ich ihn an einem Strick führe.

Wo bekomme ich eine Schüssel für ihn her? Ich schaue mich um. Überall Menschen mit Koffern und Taschen, in Eile und abgehetzt die meisten; Väter, die ihre Kinder auf den Schultern tragen, Mütter im Eilschritt, die ihre Kinder hinter sich herziehen, auch wenn die sich schreiend weigern, die Beine zu bewegen, und sich lieber schleifen lassen wie Stückgut. Zwei große Gruppen von Gastarbeitern, die zu Weihnachten nach Hause wollen, an ihren monströsen Koffern schleppend, die schwer sind von den sauer verdienten Geschenken für die Familie.

Auf der Heimreise werde ich über diese Stunde im Münchener Bahnhof einen Artikel schreiben und ihn meiner Zeitung anbieten. Ich freue mich darauf. Notizblock und Bleistift habe ich aus alter Gewohnheit immer bei mir.

In einem kleinen Laden, der Reiseandenken führt, entdecke ich einen tiefen Teller. In seiner Mitte leuchtet, strahlend blau, das Münchner Kindl, um den Rand steht geschrieben „Auf Wiedersehn in München". Das ist der richtige Teller für Robusti.

Ich bitte die freundlich dreinblickende Verkäuferin, eine ältere Frau, ihn mir, wenn möglich, mit Wasser für meinen Hund zu füllen.

Sie tut es mit mütterlicher Fürsorge, streichelt Robusti, die gierig schlappert, und nimmt sie sogar in ihre Obhut, bis ich noch eine Dose Fleisch besorgt habe. Geschwind holt sie einen Dosenöffner aus ihrer behäbigen Einkaufstasche und versorgt den Hund, als wäre es ihr eigener. Sie habe Tiere auch gern, erzählt sie, nachdem ich sie kurz mit Robustis Geschichte vertraut gemacht habe, aber sie könne sich keine halten in der engen Wohnung und wegen dem Vermieter, dafür gehe sie öfter mal im Zoo spazieren.

Beim Abschied fordert sie Robusti auf, „Pfötchen" zu geben. Doch die schaut uns groß an und bleibt wie angewurzelt auf allen Vieren stehen; wahrscheinlich stört sie sich an der Bezeichnung „Pfötchen", was ich in Anbetracht ihrer Riesenpranken gut verstehen kann. Den Teller transportiere ich vorsichtig in einer Plastiktüte. Er wurde Robustis Futternapf all die Jahre hindurch, solange sie lebte. Noch heute haben wir den Teller und halten ihn in Ehren, doch das Münchner Kindl und die Schrift sind verblaßt und kaum noch zu erkennen.

17

Im Nachbardorf von Hinterecken steht eine kleine Kirche, deren Turmspitze wir von unserem Dachboden aus sehen können. Und das Glockengeläut klingt zu uns herüber.

Amsel, die besonders gern in Kirchen musizierte, hatte in der Adventszeit die dortige Organistin aufgesucht, eine lebhafte und vergnügte junge Frau, und war von ihr prompt als Geigerin für Festgottesdienste eingesetzt worden. Es machte den beiden Musikanten offensichtlich Spaß, sich schöne Programme auszudenken und dafür miteinander zu üben.

Amsel steckte uns mit ihrer Vorfreude auf den Abendgottesdienst des vierundzwanzigsten Dezember allmählich an. Wenn ich sage „uns", so meine ich nicht nur Ule und mich, sondern auch Susi. Und das ist bemerkenswert, denn sie zog zwar glücklich und zufrieden im Dachkämmerchen neben Amsel ein, glaubte es aber ihrer Weltbetrachtung, und natürlich auch der „Clique", schuldig zu sein, ein bürgerliches Weihnachtsfest nach seinem Staub abzusuchen. Wir ließen sie gewähren, denn sie protestierte so huschelig und leise, als fürchte sie sich vor Diskussionen und davor, Stellung beziehen oder gar konsequent sein zu müssen.

Heiligabend um vier Uhr nachmittags brachte ich Amsel schnell mit ihrer Geige zur Kirche, weil sie noch proben wollte. Hinten im Auto saß Robusti, die mich von Beginn unserer Bekanntschaft an nicht mehr aus den Augen gelassen hatte. Auf ihrem Nacken hockte das Äffchen und bemühte sich hartnäckig darum, Robusti von der Herrlichkeit einer Banane zu überzeugen. Es schmierte ihr den mittlerweile dunkelgrauen Brei ums Maul, bis die Geplagte schließlich nachgab und ihn abschleckte. Zum Dank wurde ihr dann eine sorgfältige Fellpflege zuteil.

Für uns menschliche Familienmitglieder hatte diese Freundschaft – es entwickelte sich mit der Zeit die innigste Tierfreundschaft, die ich je erlebt habe – den großen Vorteil, daß sich des Äffchens Begeisterung für Fellpflege nicht an uns austobte, sondern am Vierbeiner, dessen Fell ja auch ein wesentlich interessanteres Jagdgebiet abgab. Außerdem muß Robusti den Rückenkitzel als sehr angenehm empfunden haben, denn es kam nicht selten vor, daß sie die Affenfreundin mit der feuchten Nase anstupste und sich dann dicht vor sie hinsetzte, um sie an ihre tägliche Pflicht zu erinnern.

Als ich nach der kleinen Autofahrt nun unser Haus wieder betrat, gefolgt von den beiden Neulingen, hörte ich von oben den leisen Gesang einer sehr hellen Stimme, begleitet von ebenso leisen Gitarrenklängen. Ich blieb stehen und lauschte angestrengt, um das Lied zu erkennen. Kein Zweifel, Susi sang „Ich steh an deiner Krippen hier", zumindest die Melodie des Liedes. Den fehlenden Text ersetzte sie durch „na na na". Erst als sie mich im Hühnerhof werkeln hörte, ließ sie den Gesang verstummen. Kurz darauf ertönte die Stimme der Mahalia Jackson aus dem Kassettenrekorder, mit deutschen Weihnachtsliedern, rhythmisch und melodisch fast bis zur Unkenntlichkeit verändert, doch ausdrucksvoll und in den getragenen Passagen von einer erdrückenden Melancholie.

Geschwind versorgte ich die Stallbewohner, gab ihnen vom Guten das Beste, übersah großzügig die Provokationen des Hahns und wünschte allen einen besonders gemütlichen Abend.

Inzwischen war Ule heimgekommen und hatte in der Küche schon die Teemaschine angestellt, denn um viertel vor sechs mußten wir zur Kirche aufbrechen.

„Was macht die Susi denn da oben für einen Lärm?" fragte er ganz erschrocken.

„Du, wenn man genau hinhört, klingt das sogar schön. Du bist diese Art von Musik nur nicht gewöhnt!"

„Hm – ich weiß nicht so recht. Meinst du, daß wir uns auch heute abend diesem Reiz aussetzen müssen?"

„Aber nein. Ich glaube, das ist Susis kleine Vorfeier, und jetzt muß sie die Feier ohnehin beenden, weil sie ja auch mit zur Kirche will."

„Die Susi will mit uns gehen? In den Gottesdienst?"

„Ja, sie sagt, wegen Amsels Musik."

„Finde ich nett von ihr."

„Außerdem will sie die Leute dort schockieren und eine Zigarette rauchen. Aber sei ganz unbesorgt, sie wird es nicht tun."

Während Ule das Teegeschirr auf den Küchentisch stellte, lief ich hoch und klopfte bei Susi an.

„Immer nur herein in die gute Stube!" Drinnen lag sie auf dem Teppich, die Hände im Nacken verschränkt, und schaute mit angestrengt aufgerissenen Augen zur Decke. Und Mahalia Jackson sang ihre Weihnachtslieder.

„Es ist ja ganz dunkel bei dir, Susi, soll ich Licht anmachen?"

„Okay, mach es an. Aber wenn ich die Jackson höre – weißt du, die verträgt sich ganz gut mit der Dunkelheit."

„Heute abend ist Weihnachten, eigentlich ein *helles* Fest, Susi!"

„Für meine Mutter beispielsweise nicht."

Ich sah, daß Susi geweint hatte. „Nein, für deine Mutter diesmal nicht. Aber sie hat sicher auch schon schöne Weihnachtsabende erlebt, und außerdem gibt es eine Zukunft, auch für sie."

„Wollen wir's hoffen. Übrigens: Meine Augen sind nur so rot, weil ich gegen irgendwas hier allergisch bin, weiß der Kuckuck, vielleicht Tannennadeln."

„Ja, vielleicht Tannennadeln", sagte ich gehorsam. „Komm jetzt schnell in die Küche zum Tee, wir müssen gleich losfahren."

„Ich komme. Aber – ich hätte da noch eine kleine Question ... wenn meine Mutter nun für Monate oder noch länger in der Klinik bleiben muß, könnte ich dann ..."

„... du bleibst bei uns, solange du magst, und du wirst mit deinen Vizeeltern zufrieden sein, wart nur ab. Um deine Mutter kümmern wir uns alle zusammen, einverstanden?"

„Das finde ich stark! Ich hab' mir gedacht, Rößlein, ich könnte dir auch 'ne Menge helfen mit den Tieren und so. Und dann das Pferd – Mensch, wär' das irre, wenn ich reiten dürfte und für das Pferd sorgen!"

„Aber sicher darfst du. Und auf dein allgemeines Hilfsangebot werde ich oft genug zurückkommen! Du weißt ja, wie ich manchmal untergehe."

Die kleine Kirche war so voll besetzt, daß es nur noch in der letzten Reihe ein wenig Platz für uns gab. Wir drängten uns dicht aneinander und freuten uns an dem geschmückten und von unzähligen Kerzenlichtern hellerleuchteten Baum.

„Du mußt das hier tüchtig genießen", flüsterte Ule mir zu, „denn zu Hause ist nicht viel mit Kerzen, und mit Lametta auch nicht."

„Wieso denn das?"

„Weil die Katzen am Baum hochklettern und dabei die Kerzen herunterwerfen, und das Äfflein wird ihnen nicht nachstehen wollen; es könnte eine Art Wettlauf geben, wer am schnellsten oben ist und bei wem der Baum am besten schwankt."

„Und was machen die Untiere mit dem Lametta?"

„Das fressen sie, seltsamerweise, denn so ungekocht schmeckt es sicher nicht besonders gut."

„Ule! Jetzt verstehe ich auch, warum du wolltest, daß wir den Baum erst mal nur ins Wohnzimmer stellen, ohne ihn zu schmücken."

„Das Schmücken kann nur ich als erfahrene Fachkraft besorgen. Einzig mögliches Material: stabile Holzfiguren, Äpfel und Nüsse. Gegen Kugeln spricht die Tatsache, daß sie leicht zerbrechen und sich nur schwer schlucken lassen."

„Vielleicht stifte ich euch mal Kugeln aus Schaumgummi und Plastik", flüsterte Susi, „und wißt ihr was? Auf die Baumspitze setzen wir Frieda, als Friedenstaube!"

Ein hübsches Bild: Frieda auf der hohen Tanne, die Flügel weit ausgebreitet zum Flug –

Die Leute in der Kirche saßen ganz still.

Das Turmglöckchen läutete den Heiligabend so stürmisch ein, als müßte es ein Glockentrio ersetzen. Meine Gedanken wanderten zurück zum vergangenen Tag. Ich sah Robusti, wie sie verstört auf dem Bahnsteig stand, neben ihr die Polizisten; ich dachte an unsere gemeinsame Rückreise im Gang des überfüllten Zuges, wie ich, auf dem heruntergeklappten Notbänkchen sitzend, eifrig meinen Artikel schrieb, Robusti nah bei mir ... In Frankfurt auf dem Bahnsteig Ule, Amsel und Susi, die mich fest in ihre Arme nahmen, ohne lange nach dem Grund für meine Tagesreise zu fragen. Zu Hause in der Küche mein noch ungeöffneter Brief an Ule, den ich heimlich in tausend Fetzen zerriß ...

Das Glockengeläut ging jetzt in vereinzelte Schläge über, beruhigte sich mit einem letzten leisen Nachschlag und überließ der Musik den Raum. „Es ist ein Ros' entsprungen . . ." spielte die Orgel, und darüber erklang Amsels Geige, so vollkommen ruhig und schön jeder einzelne Ton, daß ich nicht mehr um sie bangen mußte, sondern mich ganz der Musik überlassen und mich auf den Abend freuen konnte.

Es schneite in dicken Flocken, als wir später nach Hause fuhren. Hinten im Wagen saßen die beiden Mädchen und unterhielten sich flüsternd. Ule hatte trotz der emsig arbeitenden Scheibenwischer schlechte Sicht und fuhr daher sehr langsam. Ich fühlte mich so sicher bei ihm, daß ich hätte schlafen können. Voller Behagen lehnte ich mich zurück.

„Wir haben eigentlich schon lange keinen Sternenhimmel mehr gesehen, Ule, zum Beispiel den Großen Bären."

„Stimmt. Es wird Zeit, daß der Frühling kommt. Zum Trost denke ich mir immer: Je dicker wir im Winter stecken, desto näher ist schließlich der Frühling. Sag mal, Rößlein, würdest du mich deinen Münchener Bahnhofsartikel wohl auch mal lesen lassen?"

„Aber natürlich. Ich will ja wissen, wie du ihn findest."

„Das solltest du jetzt wieder öfter tun."

„Was, Ule?"

„Schreiben. Nimm dein Leben hier, es ist doch wirklich voll genug, um darüber zu schreiben."

„Erst muß ich das ‚Hauswesen', wie Frau Klee so schön sagt, noch etwas besser in den Griff bekommen, dann springt vielleicht jeden Tag eine Schreibstunde heraus. Das reicht dann auch, denn in der *Abwechslung* liegt ja der Reiz, nicht im zeitlichen Gleichgewicht verschiedener Tätigkeiten."

„Obwohl der letzte Satz überaus journalistisch klingt, glaube ich ihn dir."

„Das will ich hoffen. Schließlich hat nicht jeder Ehemann seine private Hausjournalistin!"

„Und noch dazu eine so reisefreudige." Ule schaute mich über seine Brillengläser hinweg verschmitzt an.

„Schau lieber auf deinen Weg, du Nachteule!"

Die Schneedecke war in wenigen Minuten so hoch geworden, daß wir nur mit großer Mühe unser Tor öffnen und zwischen den schwerbeladenen Bäumen den Weg zum Haus hin fahren konnten.

Gustav, Friedhelm und Robusti bellten vor Erwartungsfreude schon um die Wette. Auch die Ziegen meckerten lauthals, und selbst die vornehme Finette wieherte einen Willkommensgruß.

„Bei euch ist Leben in der Bude!" lachte Susi und schloß die Haustür auf. Wir nickten zustimmend und zufrieden, ohne zu ahnen, *wie* recht sie behalten sollte.

Drinnen hatten die Vierbeiner offenbar ein Freudenfest nach eigenen Vorstellungen veranstaltet. In der Diele lagen Blumen verstreut auf dem Boden, Weihnachtssterne und Alpenveilchen aus meinen Blumentöpfen, dazwischen angenagte Salatblätter, mehrere Socken, ein

Hausschuh, ein Badewannenstöpsel und zwei Waschlappen. Im Wohnzimmer, wir sahen es durch die offene Tür, lag der gewaltige Tannenbaum umgekippt am Boden und wurde vom Äffchen als Trampolin mißbraucht. Mit glasigen Augen und ganz verzückt, in jeder Hand ein Büschel Blumen wie Fähnchen schwenkend, sprang es in die Höhe, landete auf dem ächzenden Stamm, federte zurück . . . es war ein Heidenspaß! Die Katzen Sieglinde, Paul, Günter und Meier-Gröffelbach standen, friedlich vereint mit Rita, als staunendes Publikum um die Artistin herum, vor Ehrfurcht bewegungslos und stumm.

Auch Doris und Erna, die Schildkröten, hatten sich eingefunden, hielten sich in respektvoller Entfernung, reckten aber ihre Köpfchen so weit vor wie nur eben möglich, um ja nichts von dem herrlichen Schauspiel zu versäumen.

Sogar Vastehste vergaß sein nervenaufreibendes Geschwätz, saß hochaufgerichtet auf der Stange, hielt den Kopf schief und klappte den Schnabel nervös auf und zu.

„Unser Äffchen mag Blumen." Ule versuchte mit dieser Feststellung dem Geschehen den harmlosen „Kinder-sind nun-mal-so"-Charakter zu verleihen.

Amsel strahlte. „Ich weiß, wie wir die Kleine nennen! Weil sie Blumen so gern mag, muß sie ‚Fleurchen' heißen."

Also nannten wir sie Fleurchen und baten sie zunächst einmal, den Baum freizugeben. Da Robusti zur Fellpflege bereitstand, kam sie unserem Wunsch nach, ohne sich lange zu empören.

Ule richtete den Baum wieder auf, befestigte ihn mit Nylonfäden unauffällig an der Wand, um ihn vor einem zweiten Sturz zu bewahren, schmückte ihn mit Holzfiguren, Äpfeln und Nüssen und auch mit Kerzen, deren Zahl jedoch überschaubar blieb. Dazu erklangen – das war Canneborscher Familienbrauch – Weihnachtskonzerte alter italienischer Meister, gespielt von einem italienischen Kammerorchester. Susi fiel die Aufgabe zu, den Plattenspieler zu bewachen, da sich unsere Katzen für die kreisende Platte lebhaft interessierten und sie gern mit den Pfoten zum Stillstand gebracht hätten.

Amsel und ich räumten geschwind die Diele wieder auf und stellten die von Fleurchen ‚gepflückten' Blumen in eine Vase.

„Was hältst du von einer Tier-Bescherungsecke?" fragte mich Amsel.

„Daran dachte ich auch schon; eine Banane für Fleurchen, Hundekuchen für die Hunde, vielleicht auch etwas Wurst, gesüßte Kondensmilch für die Katzen, nicht zuviel, weil der Magen empfindlich reagiert, ein Salatherz für Doris und Erna, für die Rita die gute Körnermischung aus der blauen Dose, und Vastehste mag wohl am liebsten Zirbelnüsse und Sonnenblumenkerne."

„Donnerlittchen, Rößlein, das rasselst du ja herunter wie eine Examensantwort! Jedenfalls gebe ich dir die Note Eins."

„Oh, das ist noch nicht alles, was ich weiß. Du kannst mich zum Beispiel auch fragen, was man tut, wenn eine Henne gluckig wird."

„Was tut man, wenn eine Henne gluckig wird?"

„Soll sie brüten, so setzt man sie auf etwa zehn befruchtete Eier, soll sie dagegen nicht brüten, so steckt man sie für ein paar Minuten in einen nassen Sack, ganz vorsichtig natürlich, damit sie keine Angst kriegt, aber etwas abkühlt – gewissermaßen."

„Teil A der Antwort lasse ich gelten, bei Teil B bist du in deinen Kenntnissen möglicherweise im Mittelalter hängengeblieben. Ich werde einen Experten befragen."

„Wenn dein Experte nur nicht Canis heißt! Ich denke noch mit Schrecken an sein Hühnerhochhaus."

„Kann *er* was dafür, wenn die Hühner zu dumm sind, um zu wissen, was für sie das Beste ist?"

„Auf diese Weise, liebe Amsel, bringt man Ideologien an den *Mann*, aber nicht ans *Huhn*. Es ist eben nicht so dumm, wie du denkst, es hat Charakter, und von Sendungsbewußten läßt es sich schon gar nicht imponieren."

„Na gut. Ich will deinen Hühnern nicht zu nahetreten. Du hast wahrscheinlich durch Frieda einen Treuekomplex dem Federvieh gegenüber. Nur: Die Größe ihrer Köpfe sollte dir zu denken geben!"

„Rita hat auch nicht gerade einen Denkerschädel, von den Schildkröten gar nicht zu reden."

„Stimmt. Aber für ein gutes Menü reicht ihr Grips noch allemal aus! Übrigens sollten wir die Kerle jetzt aus dem Weihnachtszimmer aussperren, sonst reißen sie uns ihr kaltes Büfett aus der Hand, und alles ist verputzt, ehe die Feier überhaupt beginnt."

Amsel setzte ihren Plan sofort in die Tat um, was nicht ganz einfach war, denn Tiere sind höchst neugierig und lassen sich nur ungern aus einem Raum vertreiben, in dem aufregende Dinge passieren.

Ich baute also die Leuteecke auf, Amsel die Tierecke; Susi erlösten wir von ihrem Wachposten am Plattenspieler, weil sie vor der Bescherung noch gerne mit ihrer Mutter telefonieren wollte.

Anschließend rief auch ich meine Mutter an, die das Weihnachtsfest in der Familie meines Bruders verbrachte.

„Ich komme bald zu euch, Witta, um mich vom Vorlesen auszuruhen", stöhnte sie, „ich bin schon ganz heiser, aber die Kinder sind unersättlich. Du und Pitchen, ihr wart in der Beziehung früher weniger anstrengend."

„Vielleicht verwöhnst du die Enkel zu sehr, Mutterchen?"

„Aber nein. Allerdings habe ich euch nicht soviel vorlesen müssen. Dafür mußte ich euch beibringen, wie man auf Stelzen läuft, weißt du noch?"

„Und ob ich das noch weiß! Vater hatte sie selbst gebastelt. Und mit der einen hat Pitchen mir dann die kleine Scheibe meines Kaufladens zertrümmert."

„Aus Versehen, der arme Bub."

„Na, vor allem war *ich* arm, denn ich konnte ja nun keine Scheibe mehr auf- und zuschieben, sondern nur noch einen klapprigen und ziemlich sinnlosen Holzrahmen mit dem lächerlichen Schildchen ‚Geschlossen'. Und ich wollte doch so gern distanziert hinter der Scheibe sitzen und ‚hochmütig gucken', wenn die Käufer zu spät kamen. Der Pit hat auch noch blöde Verse über das ganze Elend verbrochen."

„Ein Lausebengel war er immer, arme Witta, aber er ist wirklich ein sehr netter und gütiger Vater geworden."

„Das werden sie immer, die Brüder – Gott sei Dank. Gib ihm einen Kuß von mir und grüß ihn, auch die anderen alle. Komm bald zu uns, hier mußt du nicht vorlesen, höchstens mal das Äffchen hüten. Adieu, und feiert schön!"

„Adieu, mein liebes Kind."

Kaum hatte ich eingehängt, klingelte das Telefon, und Canis meldete sich aus Tirol, krächzend und außerordentlich heiter, so wie jemand, der gerade damit befaßt ist, eine starke Erkältung mit ebenso starkem Grog zu bekämpfen.

Und dann kam sogar bei uns irgendwann der Zeitpunkt, an dem wir sagen konnten: Es ist soweit! Während Ule, im Arm das erschöpfte Fleurchen, die Weihnachtsgeschichte vorlas und wir uns an dem spärlich, aber hübsch geschmückten Baum freuten (zum erstenmal ein Baum aus eigenem Garten), schmatzte, nagte und schlabberte es laut und genüßlich in der Tierbescherungsecke. „Laß man", flüsterte mir Susi zu, „Ochs und Esel im Stall von Bethlehem haben ganz sicher auch vor sich hingemampft."

Spät in der Nacht, bevor ich müde in mein Bett fiel, stattete ich Frieda noch einen Besuch ab, nicht ohne eine Sonderration feinster Körner aus der blauen Dose.

Sie saß in ihrer Gaube, den Freund an der Seite, und blinzelte mich im trüben Dachbodenlicht verwundert an.

„Du hier? Und so spät?" schien sie zu fragen.

„Weil Weihnachten ist, Frieda", sagte ich leise, um den Herrn nicht zu wecken. Sie erhob sich etwas schwerfällig, schüttelte die Federn und trippelte einige Schrittchen auf mich zu.

„Ist alles in Ordnung, Frieda?"

Sie hielt den Kopf schief, schielte nach den Körnern und gurrte: „Bei mir ja, und bei dir?"

„Bei mir auch, und laßt es euch gut schmecken. Heute ist Weihnachten, Frieda."

18

Endlich wurden die Tage wieder länger, Türen und Fenster öffneten sich weit, um den lauen Märzwind einzulassen.

Die Hühner krochen aus ihrem Häuschen, die Enten und Gänse versammelten sich laut schnatternd auf dem Teich, als gelte es, eine neue Partei, etwa die Frühlingspartei, zu gründen und dafür spektakuläre Satzungen auszuarbeiten.

Die Hunde und Katzen jagten sich im Garten, glücklich, daß nun auch die hartnäckigsten Schneereste dahinschmolzen und ihren Pfoten nicht mehr weh tun konnten. Selbst der blinde und hochbetagte Dackel Friedhelm watschelte eifrig hinter den andern her, keuchend und mit heraushängender Zunge, doch zäh und unverdrossen. Robusti machte ihrem Namen alle Ehre; sie war ein kräftiges, gesundes „Hundeviech" geworden, das mich über alle Maßen liebte und sich gemeinsam mit Fleurchen gerne von früh bis spät an meinen Rockzipfel gehängt hätte, wäre ein solcher vorhanden gewesen.

Am allermeisten freute sich Fleurchen über die Aussicht auf Sonne und Wärme. Zwar steckte sie in einem gelbwollenen Anzug, von Frau Klee liebevoll und mit Zopfmuster gestrickt, doch als echte Äffin hatte sie ja auch mehr Anspruch auf Wärme als wir Nordländer, die das Frösteln nachgerade gewohnt sind.

Morgens entließ ich meine Familie, Ule, Amsel und

Susi, wieder in die Helligkeit, und wenn ich zum Haus zurückkehrte, knipste ich alle Lichter aus, weil das Tageslicht bereits genügte.

Auf dem Küchenboden lagen keine zerbrochenen Milchschüsseln mehr, da ich sie durch Plastikschüsseln ersetzt hatte, und für die vergessenen Schulbrote hielt ich mir einen Frischhaltebeutel. Mit dem Hahn konnte man endlich auf kameradschaftlicher Basis verhandeln, da eine gewisse Altersweisheit ihn heimzusuchen begann. Die Fütterungen gingen mir mittlerweile etwas schneller von der Hand; und wenn meine Zeit auch immer noch recht knapp bemessen war, so glückte es mir doch ohne allzu große Mühe, mich täglich für eine Stunde zurückzuziehen, um meiner Schreiblust zu frönen.

Mit meinem Bahnhofsartikel hatte ich den Anfang gemacht, und meine Nachfolgerin an der Zeitung gab mir daraufhin den Auftrag, ihr wöchentlich eine feuilletonistische Skizze zu liefern.

Hochbegabte Journalisten und Schriftsteller, wegen ihrer phantasievollen Einfälle gelobt, pflegen zu sagen: „Aber ich bitte Sie, der Stoff liegt doch auf der Straße!" Was mich nun betrifft: Auf der Straße fand ich ihn selten, und auch zu Hause nur in begrenztem Umfang. Daher machte ich mich hin und wieder auf Stoffsuche, was soviel heißt wie: Die Cannebors lehnten nicht *jede* Einladung ab, besuchten gelegentlich auch ein Theater oder Konzert, wobei Ule sich überwiegend von Amsel und Susi vertreten lassen mußte.

Der Zustand von Susis Mutter hatte sich in den vergangenen Monaten kaum gebessert, so daß auch gar nicht abzusehen war, wann sie entlassen werden konnte. Susi und ich besuchten sie zweimal in der Woche und trafen sie immer in der gleichen zerquälten Gemütsverfassung an, die sie fast vollständig verstummen ließ.

Mir kam es so vor, als läge die Mutlosigkeit wie ein zentnerschweres Gewicht auf ihr, das den ganzen Menschen unbarmherzig zu Boden drückt und gleichzeitig mit ihm zusammenwächst; eine viel zu schwere Bürde, die sie nicht abschütteln konnte, weil sie ein Stück von ihr geworden war.

An besonders schlimmen Tagen verriet der Blick, mit dem sie uns anschaute, nur Abwehr und die flehentliche Bitte, sie allein zu lassen. Dann verabschiedeten wir uns schnell, und Susi stürzte sich zu Hause in die Stallarbeit, um auf diese Weise ihres Kummers Herr zu werden.

Wäre die Sorge nicht gewesen, die ihre Stimmung immer wieder trübte, so hätte man Susi zu den fröhlichsten Mädchen weit und breit zählen können. Die Clique, die Jünglinge und Diskotheken waren vergessen, weil eine neue Leidenschaft von ihr Besitz ergriffen hatte: die Beschäftigung mit dem Pferd. Jede freie Minute verbrachte sie bei Finette, bewegte sie täglich, sorgte für das Futter, führte sie zum Schmied, säuberte den Stall und kroch für ihren freiwilligen Pferdedienst morgens eine halbe Stunde vor uns aus den warmen Federn.

Wollten Ule oder auch wir andern gelegentlich ausreiten, so übergab sie uns ihren Liebling ungern und unter großen Bedenken, weil seine gesunde Rückkehr ihr höchst zweifelhaft erschien.

Sie ging auch wieder regelmäßig zum Konfirmandenunterricht, obwohl sie vor Weihnachten damit „rigoros Schluß machen" wollte. „Ich gehe nur pro forma", sagte sie jetzt verlegen, „aber ich finde es absolut stark, wenn wir gemeinsam konfirmiert werden."

Amsel genoß das Leben mit der Freundin in vollen Zügen. Als gute Zimmernachbarn tranken sie nachmittags, wenn der Arbeitseifer für die Schule (meist recht früh) nachließ, ihren Tee bei Kerzenlicht und Mahalia Jackson, oder aber sie bedauerten, unter Gitarrenbegleitung, in sanft-melancholischen Songs die Ungerechtigkeit der Welt.

So hatte alles bei uns seine Ordnung gefunden. Hin und wieder ging ich mit Fleurchen und den Hunden spazieren, pflockte die Ziegen auf der Wiese an, stattete den Enten und Gänsen einen Sonderbesuch ab, setzte mich auf das morsche Holzbänkchen. Flötentöne klangen von fern zu mir herüber (wahrscheinlich spielte jemand am offenen Fenster) und erinnerten mich lebhaft an meine Kindheit, in der es kaum einen Frühling ohne die schwebenden und so verheißungsvollen Flötentöne gegeben hatte.

Doch auch der schönste Frühling hält seine Tücken bereit, und diese Tücken lauern, wie ich in Hinterecken lernte, vor allem in der ländlichen Natur. Immer häufiger legten mir die Katzen ihre Beute vor die Haustür, gelegentlich auch auf die Küchenbank, und ich war wohl noch nicht Landfrau genug, um kühl bis ans Herz hinan die toten, geschundenen Mäusekinder am Schwanz zu fassen und in den Abfalleimer zu befördern. Es tat mir weh, mit ansehen zu müssen, wie sie von den satten Katzen nur als Spielzeug benutzt und langsam zu Tode gequält wurden. Was habe ich an Rettungsaktionen unternommen! Doch selten war mir Erfolg vergönnt, da die Katzen mir ungelenkem Zweibeiner mit einer geradezu verblüffenden Gewandtheit vor der Nase herumtanzten und immer im rechten Moment unter einer dichten Tanne verschwanden, natürlich mit der verzweifelten, schrill fiependen Beute am Wickel.

Eines Tages sah ich den kohlschwarzen Kater Paul, wie er mit einem ungewöhnlich großen Vogel, den er quer im Maul trug, auf unser Haus zutrabte, hocherhobenen Hauptes und sichtlich stolz ob des herrlichen Fangs. Die dünnen Beine des Vogels standen weit ab, starr und unbewegt, als wäre er schon tot. Zu meinem Entsetzen erkannte ich eine blauschimmernde Taube.

Das Blut schoß mir in den Kopf, und ich hatte nur einen einzigen schrecklichen Gedanken: Das ist Frieda, das ist ihr Ende. Ich habe nicht genügend aufgepaßt ...

Paul legte mir die Taube vor die Füße, und als ich nach angstvollen Sekunden hinzuschauen wagte, sah ich, daß sie Federn auf dem Kopf und einen Ring am Bein trug und vor allem, daß sie noch lebte. Vorsichtig nahm ich das benommene Tier hoch, tastete es ab, schaute ihm unter die Flügel und stellte fest, daß es unverletzt geblieben war. Auf dem Ring stand eine Nummer und „DDR".

Geschwind rief ich Ule an und erzählte ihm von unserem neuen Gast.

„Die Ärmste! Wahrscheinlich hatte sie eine zu weite Strecke zurückzulegen und mußte daher zwischenlanden, um sich auszuruhen", erkärte er mir. „Quartiere sie einfach bei Frieda ein. Wenn sie Sozialistin ist und wieder heimwill, wird sie in einigen Tagen weiterreisen. Andernfalls sucht sie Asyl, was sie bei uns gerne haben kann – nicht wahr, Rößlein?"

„Klar, Cannebor, wir sind ein Haus der offenen Türen und Fenster!"

(Die Taube machte nur Zwischenstation, genau eine Woche lang, dann flog sie von hinnen ...)

Wenige Tage darauf brachte wiederum der schreckliche Paul eine große schöne Amsel, und mit ihr war er böse verfahren. Er legte sie mir in die Küche auf den Boden, wo sie zuckend liegenblieb, die Füße im Krampf zusammengezogen. Sie rang nach Luft, bei jedem Atemzug schoß ihr ein dünner Blutstrahl aus dem weitgeöffneten Schnabel, und die Augen waren schon halb geschlossen.

Ganz allein im Haus, fühlte ich mich unsagbar hilflos. Weder Frau Klee noch Fräulein Seide konnte ich schnell erreichen, die Mädels saßen in der Schule. Wieder rief ich Ule an und schilderte ihm die schlimme Lage.

„Du mußt sie einschläfern", sagte er, „und zwar schnell, ihre Lunge ist verletzt. Nimm unsre Ätherflasche, du weißt, die im Vorratskeller auf dem hinteren Regal. Dann ein Tuch mit Äther tränken und damit eine der leeren Kaffeedosen auslegen, die mit den gut abdichtenden Deckeln . . ."

„. . . und weiter?"

„Den Vogel vorsichtig hineinsetzen und schnell schließen. Er ist dann sofort tot. Aber beeil dich, so ein Lungenbiß ist schlimm."

„Ule, ich kann nicht!"

„Natürlich kannst du. Denk daran, daß die schnelle Erlösung zu den wenigen Privilegien gehört, die das Tier uns Menschen voraus hat. Es ist wenig genug. Nun komm, sei tapfer, ich bleibe am Apparat, dann mußt du dich nicht so allein fühlen."

Ich legte den Hörer auf das Telefonbänkchen und ging mit brennenden Augen und eiskalten Händen dem scheußlichsten Geschäft nach, das ich je in meinem Leben getätigt hatte. Wieder haßte ich Hinterecken, die Natur, die Katzen, und ich haßte das Leben an dem Punkt, wo es die simple Struktur der Schöpfung, „fressen und gefressen werden", mit einer Selbstverständlichkeit offenbarte, als handle es sich um eine grandiose Erfindung.

„Und das Verrückteste ist", sagte ich hinterher zu Ule, der geduldig gewartet hatte, „daß wir uns, indem wir zum Beispiel Katzen aufnehmen und erhalten, an diesem ekelhaften System mitschuldig machen."

„Nimm es, wie es ist, Rößlein, ohne nach der Schuld zu fragen. Wir kommen doch nicht dahinter, wie dieser ganze Lebensmechanismus gemeint ist, wir hängen ja selbst mit drin. Und jetzt adieu, mein Schatz, ich muß weitermachen, bis heut abend."

„Adieu, Ule, ich werde die beiden Mädchen von der Schule abholen, die freuen sich immer, wenn sie nicht mit dem Bus fahren müssen."

Es tat mir wohl, das Haus zu verlassen und etwas Abstand zu gewinnen. „Hoffentlich muß ich so was nicht oft tun", sagte ich zu Fleurchen und Robusti, die hinten im Auto hockten und mich verständnislos anschauten. Den nächsten Satz sagte ich daher lieber leise zu mir selber: Wahrscheinlich muß man es lernen, den Tod als dazugehörig zu empfinden, wenn man soviel Leben um sich hat.

Wir mußten es alle lernen, selbst Amsel, die sich am heftigsten dagegen sträubte.

In diesem Frühjahr kehrte auch unsere Katze Sieglinde von einem ihrer ausgedehnten Streifzüge nicht zurück. Nach langem Suchen fanden wir sie schließlich; sie lag im Straßengraben, überfahren, gar nicht weit von unserem Haus entfernt. Ihr schönes weißes Fell, das sie immer mit soviel Eifer geputzt hatte, war dreckig und verklebt, zwischen ihren Pfoten hingen kleine Grasbüschel.

Traurig nahmen wir sie hoch und trugen sie in unseren Garten, wo wir sie neben dem Vogel beerdigten. Unser zweites Tiergrab in Hinterecken.

Amsel war außer sich vor Kummer. „Ich begreife das einfach nicht, ich werde es nie begreifen! Warum geht's in der Welt nur dauernd so schrecklich zu, warum gibt Gott nicht besser acht, wenn ihm an uns doch angeblich was gelegen ist?"

„Ehe du uns jetzt wieder deine Konfirmation aufkündigst", sagte Ule sehr ernst, fast etwas unwillig, „kannst du mich bei meinem nächsten Tierheimtermin begleiten und eine Kätzin abholen, wenn's Rößlein einverstanden ist. Es ist eine, die keine Chance hat, vermittelt zu werden, weil sie fast blind ist. Außerdem hat sie nur noch ein Ohr und, wahrscheinlich durch Verbrühung, ein beachtliches Loch im Fell."

„Ich wollte die Konfirmation ja gar nicht aufkündigen, aber gräßlich ist sie *doch,* die Natur, da kannst du sagen, was du willst!"

„Ich sag' ja gar nichts."

„Ule?"

„Ja?"

„Wann holst du denn mit mir die neue Katze?"

„Übermorgen habe ich dort Termin, dann nehm' ich euch mit, Susi auch, wenn sie will."

Natürlich wollte sie, und damit hatte ich von nun an *zwei* Lieferanten von bedürftigen Tieren.

Am dreißigsten April sollte die Doppelkonfirmation im Hause Hinterecken Nr. 8 stattfinden.

Noch nie hatte ich eine solche Festlichkeit als verantwortliche Hausfrau vorbereitet. Des Nachts, in schlaflosen Stunden, kam mir gelegentlich der Gedanke, der Vogel Strauß sei, wenn auch kein kluges, so doch ein sehr glücklich veranlagtes Tier ... Dabei gab es eigentlich keinen Grund, den Kopf in den Sand zu stecken, da mir Frau Klee ihre tatkräftige Unterstützung im „Hauswesen" zusicherte, während Fräulein Seide an diesem Tag die gesamte Stallarbeit allein übernehmen wollte.

Doch, es gab einen Grund, den Kopf sogar sehr tief im Sand zu verbergen! Wiederum in schlaflosen Nächten standen die möglichen Überraschungen durch unseren Zoo in Schreckensbildern vor mir: Ich sah Frieda nach einem aufgeregten Rundflug im Wohnzimmer in der Suppenschüssel landen, Paul ein Mäuslein auf den festlich gedeckten Tisch legen (doch nicht etwa auf einen Teller?), und ich sah, berechtigterweise, weil das tatsächlich zu seinen Lieblingsbeschäftigungen zählte, Meier-Gröffelbach unter dem Eßtisch herumschleichen, den Gästen die Servietten vom Schoße ziehen und seine Krallen an ihren Beinen wetzen. Bei Herrenbeinen mit den Schutz bietenden Hosen mochte das noch angehen, bei den Damen konnte es nur zu jähen Luftsprüngen führen.

„Wir werden versuchen, an diesem Tag das gesamte Viehzeug einzusperren", beruhigte mich Ule, dem ich meine finsteren Visionen schilderte.

Wir erwarteten zehn Gäste, doch Susis Mutter gehörte leider nicht dazu.

Tante Herta, meine Mutter und eine Großtante von Susi vertraten die Generation der Senioren.

Zur Generation der Mittleren zählten außer Ule und mir die Patinnen und ihre Ehemänner. Susi hatte nur *eine* Patin, Amsel war das Patenkind von Ules Schwester Franziska und von mir.

Auch meine Freundin Minka sollte kommen; nicht nur, weil wir sie alle gern mochten, sondern auch wegen ihres Talents, Leute gut und interessant zu unterhalten; es sei denn, sie geriet, durch eine leichtsinnige Bemerkung etwa, in das Fahrwasser des Themas Gleichberechtigung, das sich dann jedesmal zu einem Sturzbach entwickelte, von dem sie hoffnungslos in die Abgründe endloser Diskussionen gerissen wurde. Doch das mußte ja nicht unbedingt passieren, außerdem konnte ich sie zur Not wieder herausziehen.

Die jüngste Generation der Gäste bildeten zwei Schulfreundinnen unserer Mädchen, die schon öfter zu Besuch gekommen waren, um auf Finette reiten zu dürfen, immer im Kreis herum und natürlich unter der strengen Aufsicht von Susi.

Wenige Tage vor dem Fest standen die Notizen auf meinem Küchenmerkkalender so klein und dicht aneinandergereiht, daß ich sie kaum noch lesen konnte. Obsttorten bestellen, neuer Katze Pilzstelle am Ohr einreiben, Canis Wäsche, kranke Ente Medikament, 15.17 Uhr Susis Tante abholen, Fruchtsäfte besorgen, Bananen für Fleurchen, schwarze Röcke für Konfirmation kaufen . . .

Die Ausführung des letzten Punktes erwies sich als problematisch, denn Susi wollte unbedingt in Jeans konfirmiert werden. „Das mußt du verstehn, Roß. Ein paar von der Clique werden dabei sein, und die halten mich doch sowieso schon für einen Überläufer!"

Da gutes Zureden nichts half, ja sogar fast zu Tränen führte, einigten wir uns auf eine Kompromißlösung und sorgten wenigstens für eine hübsche Bluse, die sie anstelle des von ihr ausersehenen alten T-Shirts tragen sollte.

Amsel entschied sich für ein dunkelblaues Kleid mit weitem Rock, „der ganz toll fliegt, wenn man sich dreht".

„Du als Dame des Hauses", erklärte Amsel, „mußt natürlich ein langes Kleid tragen, mindestens aber einen langen Rock."

Und da wir nun schon die Fahrt nach Frankfurt gemacht hatten und gerade in einem Kleidergeschäft standen, ergriff ich die Gelegenheit und kaufte für mich einen langen blumigen Rock mit dazu passender weinroter Bluse.

„Jetzt sind wir wie die reichen Damen in den amerikanischen Spielfilmen, die immer mit hundert Kleiderkartons und Schleifchen dran nach Hause kommen und ihrem Mann um den Hals fallen", lachte Susi, als wir unsere neuen Kostbarkeiten im Auto verstauten.

„Ich werde aber niemanden haben, dem ich um den Hals fallen kann, denn mein guter Ule ist noch nicht da, wenn wir eintrudeln."

„Vielleicht ist der Canis schon da, er wollte ja heute gegen Mittag kommen", meinte Amsel, „und dem können wir ruhig um den Hals fallen, wenn er inzwischen hoffentlich seinen stacheligen Bart abrasiert hat. Das heißt, die Susi mag bärtige Männer ja gern."

„Das stimmt, ich finde sie unheimlich interessant."

„Den Canis auch?"

„Tja, weißt du, ich will dich nicht beleidigen. Aber der ist mir irgendwie zu sanft, und auch zu vernünftig. Ich hab' gern die Abenteurer, zum Beispiel Fernfahrer finde ich so toll."

„Wieso denn Fernfahrer?" fragte ich ganz verblüfft.

„Na, das sind doch ruhelose Männer, harte Burschen,

ihre Heimat ist die Straße. Da gibt's auch ein Lied, soll ich es euch mal vorsingen?"

Sie sang uns nicht nur das Lied vom Fernfahrer, sondern auch das vom Fischer mit den trockenen Tränen, vom Möbeltransporteur und vom Zirkusartisten, der auf dem Seil so einsam ist und nur die Angst als Partnerin hat. Und während sie uns mit dem letzten dieser Helden bekannt machte, tauchte im Rückspiegel ein uraltes graues Auto auf; am Steuer saß Canis, blinkte und winkte.

„Kinder, jetzt haben wir doch jemanden zum Umarmen, dreht euch mal um!"

„Rößlein, meine Güte, halt an, das ist der Canis, der olle Hund, und er hat noch immer seinen Bart!" rief Amsel, und sie wäre vor Begeisterung am liebsten aus dem fahrenden Auto gehüpft.

Bei der ersten Gelegenheit hielt ich an; Canis steuerte seinen Klapperkasten mit elegantem Schwung dicht an uns heran.

Wir umarmten uns alle vier gleichzeitig unter großem Hallo.

„Und das alles nehme ich auf mich für eure Konfirmation, Leute, was glaubt ihr, wie durchgeschüttelt ich bin!"

„Kein Wunder, brother, bei *dem* Schrottmobil . . ."

„Wenn du das ‚Schrottmobil' nicht auf der Stelle zurücknimmst, fahr' ich dich niemals durch die Landschaft!"

„Ich nehm's zurück, ich nehm's zurück. Rößlein, bist du traurig, wenn wir das letzte Stück im Rolls Royce von Herrn Canis fahren?"

„Nein, ich bin nicht traurig, und bei Bedarf leiste ich auch gern Abschleppdienste."

Kurz darauf juckelten die drei auf der schmalen Landstraße vor mir her, Hinterecken entgegen, und ich fuhr hinterdrein wie eine alte Glucke, die ihre Küken bewacht; viel zu große Küken inzwischen, die schon ganz gut ohne ihre Glucke zurechtkamen und bald ihre eigenen Wege gehen würden. Doch war es nicht leicht, sich das einzugestehen.

19

Schon am Samstag abend hatten sich alle Konfirmationsgäste bei uns eingefunden.

„Nun kann das Fest ja beginnen", konstatierte Ule zufrieden und holte seinen besten Wein aus dem Keller. Wir setzten uns ins Wohnzimmer und öffneten weit die Fenster. Draußen ging ein ungewöhnlich warmer Frühlingstag zu Ende. Die vier Mädchen lagerten auf der Wiese und sangen ihre geliebten Gospels, begleitet von zwei Gitarren. Susi sprang immer wieder auf, um zu tanzen, wild wie ein kleiner Geißbock.

Neben mir saß ihre Großtante, eine sehr würdevolle alte Dame mit schneeweißem Haar, sorgsam gewellt und von einem hauchdünnen Haarnetz behütet. Sie trug ein lilafarbenes Kleid, etwas verblaßt, mit Stehbündchen am Hals und Rüschen an den langen schmalen Ärmeln. Ihr Taschentuch bewahrte sie in einem silberdurchwirkten schwarzen Pompadour auf.

„Eigenartig", sagte sie leise, „was heutige Backfische singen, und immer in englischer Sprache. Unser schönes deutsches Volkslied ist ganz in Vergessenheit geraten."

Canis schenkte uns gerade Wein ein. „Ach wissen Sie, ich find's ganz gut, wenn man von diesem Deutschtum endlich mal abkommt und in weiteren Grenzen zu denken lernt – meinethalben sogar ganz ohne Grenzen."

„Lieber junger Mann, Sie werden sehen, daß diese Ideen zu nichts führen. Der Mensch muß wissen, wo er hingehört. Und er muß sich auch kulturell in einem ihm gemäßen Kreis bewegen, den er pflegt und für die nachfolgende Generation bewahrt."

Canis, der sich bei uns nicht aufhalten konnte, denn er hatte noch andere Gläser zu füllen, wollte das Gespräch versöhnlich abschließen. „Was das deutsche Volkslied betrifft, das ist zur Zeit wieder ganz in."

„Er meint, es wird wieder gern gesungen", erklärte ich rasch. Doch unbeirrt spann sie weiter an ihrem Fädlein.

„Es gibt kaum noch ein Gebiet, auf dem die Menschen an den guten und bewährten Traditionen festhalten. Nehmen Sie Susis Mutter, meine liebe arme Nichte, sie wäre bestimmt nicht in der Psychiatrischen Klinik, hätte sie sich in ihrer Lebensweise mehr an die überlieferten Werte ihrer Familie erinnert, glauben Sie nicht, Frau Cannebor?"

„Eigentlich nicht. Vielleicht sollte man die Bedeutung der überlieferten Werte nicht überschätzen."

„Zu meiner Zeit, Frau Cannebor, hat es solche Krankheiten kaum gegeben, heute sind sie üblich."

„Die Gemütsleiden hat es zu jeder Zeit gegeben", mischte sich jetzt Ule ein, „nur wurden sie früher von der Umwelt noch gedankenloser vom Tisch gefegt als heute."

„Aber Sie müssen doch meine Bestürzung verstehen, angesichts dieses Familiendramas – es ist ja keinesfalls böse gemeint", sagte die alte Dame, etwas hilflos lächelnd.

Ule erhob sein Glas. „Versteh' ich ja. Kommen Sie, trinken wir einfach auf das Wohl der Patientin!"

Sie stimmte erleichtert zu. „Jawohl, Herr Doktor, und möge sie bald wieder unter uns sein – jedoch als Frau und nicht mehr als Studentin, wenn ich das so sagen darf -"

Inzwischen war mir Fleurchen auf den Schoß gehüpft und hatte ihren Kopf tief in meinem Rock vergraben.

Die vielen Gäste schüchterten sie ein. Dabei gab es niemanden, der von ihrem zarten Kindergesicht mit den müden alten Augen nicht gerührt gewesen wäre und nicht liebevoll mit ihr geredet hätte. Auch dem guten Vastehste hatte es völlig die Sprache verschlagen. Stumm hockte er in seinem Käfig und gab sich einem nervösen Augenzukken hin.

„Wir könnten einen kleinen Abendspaziergang machen und dabei Fleurchen die Gelegenheit geben, ihre Kletterkünste vorzuführen." Mein Vorschlag fand allgemeine Zustimmung bei den Damen. Die Herren dagegen ließen ihre Weingläser nicht gern im Stich.

Doch draußen dachte Fleurchen gar nicht daran, irgend etwas zum besten zu geben. Ängstlich blieb sie auf meinem Arm hocken und wühlte mir verlegen in den Haaren.

Auch die Hunde verzichteten auf ihre sonst üblichen Spiele, trotteten dicht hinter mir her, mit schläfrigem Gesichtsausdruck, als handle es sich um einen unangenehmen Gang durch die Innenstadt.

Die Katzen zeigten sich ebenfalls von ihrer langweiligsten Seite. Bewegungslos und schön wie Statuen saßen sie am Rande der Wiese und starrten uns an, Neugier in den Augen und eisige Ablehnung. „Kommt uns nur nicht zu nahe, sonst setzt's was mit den Krallen!" Oh, ich verstand inzwischen auch ihre wortlose Sprache!

„Meine Güte, Rößlein, unsere Vierbeiner sind ja überaus unterhaltend heute abend." Amsel hatte sich von ihrem singenden Grüppchen getrennt, hing sich bei mir ein und steuerte dem Ententeich zu.

„Du, das Holzbänkchen, Amsel, müssen wir für die alten Damen freihalten."

„Klar, wir setzen uns daneben auf den Rasen. Ich

möcht' ein bißchen mit dir schwatzen, Rößlein. Immerhin bin ich ab morgen ein erwachsenes Mitglied der Gemeinde, wußtest du das?"

„Ja, ich wußte es, aber aus deinem Mund klingt's doch anders. Meine Tochter ein erwachsenes Mitglied . . . Amselchen, ich könnte heulen!"

„Mußt nicht heulen. Es bleibt ja alles beim alten. Was ich dir aber unbedingt mal sagen wollte: Ich werde es dir nie vergessen, daß du zu uns gekommen bist – zu einer so seltsamen Familie. Inzwischen bist du ja Gott sei Dank genauso seltsam. Sammelst Hunde auf dem Bahnsteig ein, hast'n Affen auf dem Arm und auf dem Schoß einen blinden Dackel."

„Und in der Dachgaube sitzt Frieda und schaut auf uns hernieder wie eine Fürstin auf ihr Volk." Mit meinem freien Arm winkte ich Frieda zu, bis sie sich verlegen abwandte, um in ihrem Gefieder herumzustochern.

Susi kam angehüpft und warf sich zu uns ins Gras.

„Hallo, Rößlein!"

„Hallo, Susi!"

„Soll ich dir was sagen? Ich kriege morgen den kürzesten Konfirmationsspruch von allen, und trotzdem ist ganz schön was drin."

„Wie heißt er?"

„Jesus Christus gestern und heute und derselbe auch in Ewigkeit."

„Gefällt mir. Wo steht er?"

„Hebräer dreizehn, Vers acht. Ich finde ihn auch ganz okay."

Sie begann ihre Gitarre zu stimmen.

„Und wie heißt *dein* Spruch, Amsel?"

„Wir sehen jetzt durch einen Spiegel in einem dunklen

Wort; dann aber von Angesicht zu Angesicht. Jetzt erkenne ich's stückweise; dann aber werde ich erkennen, gleich wie ich erkannt bin – Paulus, aus dem ersten Korintherbrief."

„Jetzt erkenne ich's stückweise . . ."

„Und vieles erkennt man überhaupt nicht, Rößlein, obwohl man soviel Trauriges erleben muß und aushalten. Dabei wäre alles ganz einfach, wenn uns jemand nur mal sagen könnte, was es zum Beispiel mit dem Sterben auf sich hat, mit diesem gräßlichen, widerlichen!"

Susi schaute von ihrer Gitarre hoch. „Laß doch, Amsel, erstens kannst du dir deinen Konfirmationsspruch ruhig ein bißchen hinter die Ohren schreiben, und zweitens ist es heut so unheimlich schön hier draußen. Wo sind eigentlich die beiden andern?"

„Die üben immer noch Handstand am Magnolienbaum, komm, wir machen mit!"

Ich legte mich ins Gras zurück.

Fleurchen überwand allmählich ihre Scheu und löste sich aus meinem Arm.

Tante Herta und Susis Großtante hatten sich mittlerweile auch am Ententeich eingefunden. Sie saßen auf dem Holzbänkchen und unterhielten sich über die schlechten Aussichten, bald einen Platz im Altersheim zu bekommen. „Was nützt es mich", bemerkte Tante Herta, „wenn ich heute eigentlich schon nicht mehr recht kann, und die vom Altersheim sagen: ‚In fünf Jahren erhalten Sie einen Platz bei uns'?" Dann sprachen sie so leise weiter, daß ich sie nicht mehr verstehen konnte.

Vom Magnolienbaum her hallte das Gelächter der Mädchen. Ich setzte mich wieder auf, um nach den andern auszuschauen.

Meine Mutter und Minka standen vor dem Pferdestall und redeten lebhaft aufeinander ein. Zum Glück lachten sie, das Thema Gleichberechtigung konnte es also nicht sein.

Auch die Männer waren in den Garten gekommen; sie standen in einer Gruppe beisammen.

Die Hände tief in den Hosentaschen, begutachteten sie den von Ule ganz allein gebauten Zaun der Pferdekoppel. Ich konnte mir schon denken, was sie miteinander redeten. „Jeder Holzpfahl einzementiert, Donnerwetter, das will was heißen, das ist solide Arbeit, und bei *der* steinigen Erde! An dem Ule ist ein Handwerker verlorengegangen . . ."

„Ule, Telefon!" hörte ich Canis rufen, „Ule, du wirst dringend verlangt!"

Ich legte mich noch einmal ins Gras zurück und schaute in den wolkenlosen Abendhimmel.

Eigentlich kann ich die Amsel und ihre Fragen verstehen, dachte ich. Wie schön wäre es, wenn ich jetzt mit dir plaudern dürfte, Bärle, wenn ich wüßte, wo du bist, warum du an einem so schönen Tag nicht bei uns sein kannst, was du von dem Treiben hier hältst, und schließlich: ob du findest, daß ich meine Sache einigermaßen gut mache?

Plötzlich stand Ule hinter mir. „Du, Rößlein, ich muß noch mal eben in die Praxis, bin bald wieder da."

„Ule, ich komm' mit, laß mich nur schnell der Minka Bescheid sagen, daß sie sich solange um alles kümmert."

Gemeinsam gingen wir auf unser Haus zu. Fleurchen hüpfte hinter uns her, in jeder Hand einen blühenden Magnolienzweig.